CB000986

TILLIE COLE

FUGA SOMBRIA

Série Hades Hangmen

Traduzido por Mariel Westphal

1ª Edição

The
GiftBox
EDITORA

2022

Direção Editorial:	**Revisão Final:**
Anastacia Cabo	Equipe The Gift Box
Gerente Editorial:	**Arte de Capa:**
Solange Arten	Damonza.com
Tradução:	**Adaptação de Capa:**
Mariel Westphal	Bianca Santana
Preparação de texto:	**Diagramação:**
Marta Fagundes	Carol Dias

CIP-BRASIL. CATALOGAÇÃO NA PUBLICAÇÃO
SINDICATO NACIONAL DOS EDITORES DE LIVROS, RJ
CAMILA DONIS HARTMANN - BIBLIOTECÁRIA - CRB-7/6472

C655f

Cole, Tillie
   Fuga sombria / Tillie Cole ; tradução Mari Westphal. - 1. ed. - Rio de Janeiro : The Gift Box, 2022.
   87 p.

   Tradução de: Beauty found
   ISBN 978-65-5636-126-0

   1. Ficção inglesa. I. Westphal, Mari. II. Título.

21-75000   CDD: 823
                  CDU: 82-3(410.1)

Para o Hangmen Harem.
Vocês pediram a história deles.
Aqui está.

GLOSSÁRIO

(Não segue a ordem alfabética)

Para sermos fiéis ao mundo criado pela autora, achamos melhor manter alguns termos referentes ao Moto Clube no seu idioma original. Recomendamos a leitura do Glossário.

Terminologia A Ordem

A Ordem: *Novo Movimento Religioso Apocalíptico. Suas crenças são baseadas em determinados ensinamentos cristãos, acreditando piamente que o Apocalipse é iminente. Liderada pelo Profeta David (que se autodeclara como um Profeta de Deus e descendente do Rei David), pelos anciões e discípulos. Sucedido pelo Profeta Cain (sobrinho do Profeta David). Os membros vivem juntos em uma comuna isolada; baseada em um estilo de vida tradicional e modesto, onde a poligamia e os métodos religiosos não ortodoxos são praticados. A crença é de que o 'mundo de fora' é pecador e mau. Sem contato com os não-membros.*

Comuna: *Propriedade da Ordem e controlada pelo Profeta David. Comunidade segregada. Policiada pelos discípulos e anciões e que estoca armas no caso de um ataque do mundo exterior. Homens e mulheres são mantidos em áreas separadas na comuna. As Amaldiçoadas são mantidas longe de todos os homens (à exceção dos anciões) nos seus próprios quartos privados. Terra protegida por uma cerca em um grande perímetro.*

Nova Sião: *Nova Comuna da Ordem. Criada depois que a antiga comuna foi destruída na batalha contra os Hades Hangmen.*

TILLIE COLE

Os Anciões da Ordem (Comuna Original): *Formado por quatro homens; Gabriel (morto), Moses (morto), Noah (morto) e Jacob (morto). Encarregados do dia a dia da comuna. Segundos no Comando do Profeta David (morto). Responsáveis por educar a respeito das Amaldiçoadas.*

Conselho dos Anciões da Nova Sião: *Homens de posição elevada na Nova Sião, escolhidos pelo Profeta Cain.*

A Mão do Profeta: *Posição ocupada pelo Irmão Judah (morto), irmão gêmeo de Cain. Segundo no comando do Profeta Cain. Divide a administração da Nova Sião e de qualquer decisão religiosa, política ou militar, referente a Ordem.*

Guardas Disciplinares: *Membros masculinos da Ordem. Encarregados de proteger a propriedade da comuna e os membros da Ordem.*

A Partilha do Senhor: *Ritual sexual entre homens e mulheres membros da Ordem. Crença de que ajuda o homem a se aproximar do Senhor. Executado em cerimônias em massa. Drogas geralmente são usadas para uma experiência transcendental. Mulheres são proibidas de sentir prazer, como punição por carregarem o pecado original de Eva, e devem participar do ato quando solicitado como parte de seus deveres religiosos.*

O Despertar: *Ritual de passagem na Ordem. No aniversário de oito anos de uma garota, ela deve ser sexualmente "despertada" por um membro da comuna ou, em ocasiões especiais, por um Ancião.*

Círculo Sagrado: *Ato religioso que explora a noção do 'amor livre'. Ato sexual com diversos parceiros em áreas públicas.*

Irmã Sagrada: *Uma mulher escolhida da Ordem, com a tarefa de deixar a comuna para espalhar a mensagem do Senhor através do ato sexual.*

As Amaldiçoadas: *Mulheres/Garotas na Ordem que são naturalmente bonitas e que herdaram o pecado em si. Vivem separadas do restante da comuna, por representarem a tentação para os homens. Acredita-se que as Amaldiçoadas farão com que os homens desviem do caminho virtuoso.*

Pecado Original: *Doutrina cristã agostiniana que diz que a humanidade é nascida do pecado e tem um desejo inato de desobedecer a Deus. O Pecado Original é o resultado da desobediência de Adão e Eva perante Deus, quando ambos comeram o fruto proibido no Jardim do Éden. Nas doutrinas da Ordem (criadas pelo Profeta David), Eva é a culpada por tentar Adão com o pecado, por isso as irmãs da Ordem são vistas como sedutoras e tentadoras e devem obedecer aos homens.*

Sheol: *Palavra do Velho Testamento para indicar 'cova' ou 'sepultura' ou então 'Submundo'. Lugar dos mortos.*

Glossolalia: *Discurso incompreensível feito por crentes religiosos durante um momento de êxtase religioso. Abraçando o Espírito Santo.*

Diáspora: *A fuga de pessoas das suas terras natais.*

Colina da Perdição: *Colina afastada da comuna, usada para retiro dos habitantes da Nova Sião e para punições.*

Homens do Diabo: *Usado para fazer referência ao Hades Hangmen MC.*

Consorte do Profeta: *Mulher escolhida pelo Profeta Cain para ajudá-lo sexualmente. Posição elevada na Nova Sião.*

Principal Consorte do Profeta: *Escolhida pelo Profeta Cain. Posição elevada na Nova Sião. A principal consorte do profeta e a mais próxima a ele. Parceira sexual escolhida.*

Meditação Celestial: *Ato sexual espiritual. Acreditado e praticado pelos membros da Ordem. Para alcançar uma maior conexão com Deus através da liberação sexual.*

Repatriação: *Trazer de volta uma pessoa para a sua terra natal. A Repatriação da Ordem envolve reunir todos os membros da fé, de comunas distantes, para a Nova Sião.*

Primeiro Toque: *O primeiro ato sexual de uma mulher virgem.*

Terminologia Hades Hangmen

Hades Hangmen: *um porcento de MC Fora da Lei. Fundado em Austin, Texas, em 1969.*

Hades: *Senhor do Submundo na mitologia grega.*

Sede do Clube: *Primeiro ramo do clube. Local da fundação.*

TILLIE COLE

Um Porcento: *Houve o rumor de que a Associação Americana de Motociclismo (AMA) teria afirmado que noventa e nove por cento dos motociclistas civis eram obedientes às leis. Os que não seguiam às regras da AMA se nomeavam 'um porcento' (um porcento que não seguia as leis). A maioria dos 'um porcento' pertencia a MCs Foras da Lei.*

Cut: *Colete de couro usado pelos motociclistas foras da lei. Decorado com emblemas e outras imagens com as cores do clube.*

Oficialização: *Quando um novo membro é aprovado para se tornar um membro efetivo.*

Church: *Reuniões do clube compostas por membros efetivos. Lideradas pelo Presidente do clube.*

Old Lady: *Mulher com status de esposa. Protegida pelo seu parceiro. Status considerado sagrado pelos membros do clube.*

Puta do Clube: *Mulher que vai aos clubes para fazer sexo com os membros dos ditos clubes.*

Cadela: *Mulher na cultura motociclista. Termo carinhoso.*

Foi/Indo para o Hades: *Gíria. Refere-se aos que estão morrendo ou mortos.*

Encontrando/Foi/Indo para o Barqueiro: *Gíria. Os que estão morrendo/mortos. Faz referência a Caronte na mitologia grega. Caronte era o barqueiro dos mortos, um daimon (espírito). Segundo a mitologia, ele transportava as almas para Hades. A taxa para cruzar os rios Styx (Estige) e Acheron (Aqueronte) para Hades era uma moeda disposta na boca ou nos olhos do morto no enterro. Aqueles que não pagavam a taxa eram deixados vagando pela margem do rio Styx por cem anos.*

Snow: *Cocaína.*

Ice: *Metanfetamina.*

Smack: *Heroína.*

A Estrutura Organizacional do Hades Hangmen

Presidente (Prez): *Líder do clube. Detentor do Martelo, que era o poder simbólico e absoluto que representava o Presidente. O Martelo é usado para manter a ordem na Church. A palavra do Presidente é lei no clube. Ele aceita conselhos dos membros sêniores. Ninguém desafia as decisões do Presidente.*

Vice-Presidente (VP): *Segundo no comando. Executa as ordens do Presidente. Comunicador principal com as filiais do clube. Assume todas as responsabilidades e deveres do Presidente quando este não está presente.*

Capitão da Estrada: *Responsável por todos os encargos do clube. Pesquisa, planejamento e organização das corridas e saídas. Oficial de classificação do clube, responde apenas ao Presidente e ao VP.*

Sargento de Armas: *Responsável pela segurança do clube, polícia e mantém a ordem nos eventos do mesmo. Reporta comportamentos indecorosos ao Presidente e ao VP. Responsável por manter a segurança e proteção do clube, dos membros e dos Recrutas.*

Tesoureiro: *Mantém as contas de toda a renda e gastos. Além de registrar todos os emblemas e cores do clube que são feitos e distribuídos.*

Secretário: *Responsável por criar e manter todos os registros do clube. Deve notificar os membros em caso de reuniões emergenciais.*

Recruta: *Membro probatório do MC. Participa das corridas, mas não da Church.*

PRÓLOGO

TANK

Dezessete anos de idade...

Eu nem estava acordado quando a primeira bota atingiu minhas costelas. *Arfei, abrindo os olhos quando outro chute na barriga me arrancou o fôlego. Recostei-me à parede e olhei para cima. Havia cerca de cinco deles, pelo menos que pude ver. Um punho acertou meu rosto enquanto eu tentava me levantar, me jogando de volta no chão.*

— Filho da puta! — sibilei e empurrei o idiota que estava tentando me manter preso ao chão, derrubando-o.

Pulei bem a tempo de ver um dos filhos da puta agarrar minha mochila.

— Ei! — rosnei, mas antes que pudesse correr e acabar com o bastardo por tocar nas minhas coisas, outros quatro caíram sobre mim. Punhos e pés acertaram meu corpo. Pontos pretos começaram a dançar em meus olhos, então, de repente, os idiotas foram tirados de cima de mim.

Inclinei-me contra a parede, segurando as costelas, recuperando o fôlego, e olhei para cima. Um grupo de homens tatuados estava socando os mexicanos... os filhos da puta que me atacaram.

Foi uma briga rápida, os caras novos acabando com os mexicanos em minutos. Os babacas fugiram pelo beco em que eu estava dormindo. Suor e sangue escorreram pelo meu rosto. Enquanto enxugava com a mão, minha visão clareou e vi um cara enorme com a cabeça raspada se aproximando com a minha mochila.

— Eles não pegaram nada? — perguntou. Entrecerrei os olhos. Ele tinha uma enorme caveira e ossos cruzados tatuados no meio da garganta. Estendi a mão e peguei a mochila da sua. Cerrei os dentes com a pontada imediata de dor nas costelas.

Os malditos as tinham fraturado. Eu sabia.

O cara puxou a bolsa de volta e agarrou meu braço. Sua mão era como um torno em volta do meu bíceps. Ele sorriu.

— Quantos anos você tem, garoto?

Olhei ao redor, observando os outros homens. Todos pareciam iguais – mesmos cortes de cabelo, roupas, tatuagens. E todos estavam me encarando.

— Quase dezoito.

Ele balançou a cabeça.

— Você é grandalhão. — Afastei o braço e dei um passo atrás, ignorando a dor nas costelas. Não era como se eu nunca tivesse lidado com essa merda antes. — Futebol americano?

— Tight end[1] — respondi, depois de alguns segundos de silêncio. — Time do colégio… pelo menos eu era.

O cara olhou para alguém às suas costas e depois para mim.

— E agora você está dormindo em um beco?

Cada músculo do meu corpo retesou. Esse idiota não tinha ideia das merdas pelas quais passei. Eu não poderia ter ficado com o meu pai por mais um maldito minuto. Contraí a mandíbula e cerrei os punhos ao lado do corpo. Uma raiva súbita tomou conta de mim enquanto pensava no velho socando a minha cara depois de se embriagar com uísque… de novo. O cara na minha frente deve ter notado minha tensão. Mas, em vez de se sentir ameaçado, ele apenas abriu um sorriso e sussurrou algo novamente para alguém às suas costas. Ele se aproximou, sua altura e constituição física parecidas às minhas.

— Meu nome é Trace.

Olhei para os homens à frente. Nenhum deles parecia querer me matar, e também haviam brigado contra aqueles mexicanos por mim.

— Shane. Shane Rutherford.

Trace sorriu.

— Bom nome. Puro. Um verdadeiro americano. — Apontou para minhas costelas. — Temos alguém que pode dar uma olhada nisso.

Eu o encarei com os olhos semicerrados.

---

1   Tight end – posição de ofensiva no futebol americano, às vezes é o último jogador na linha ofensiva.

TILLIE COLE

— Por que vocês fariam isso? — Fiquei tenso. — Não vou chupar seu pau. — Recebi inúmeras ofertas desse tipo nas ruas.

O cara começou a rir, assim como o resto dos homens atrás dele.

— Bom saber. Gosto de bichas tanto quanto gosto de mexicanos.

Meus ombros relaxaram, mas ainda assim perguntei:

— Por que vocês estão me ajudando?

Trace colocou o braço em volta do meu ombro e se virou para que eu pudesse ver todos os homens que estavam com ele.

— Quando um irmão branco, de boa linhagem americana, nascido e criado nos Estados Unidos, precisa de ajuda, seus companheiros, irmãos brancos, vêm para ajudar.

As tatuagens nos seus braços e pescoços ficaram evidentes. Suásticas, cruzes celtas, "SS".

— Temos um lugar onde você pode ficar. Podemos lhe arranjar um emprego, tirar você desse beco. — Olhei para o cobertor em que estive dormindo por dois meses; meu estômago roncou de fome. O cara apertou meu ombro. — Comida para você se alimentar.

— Johnny Landry faz um churrasco incrível — disse um dos outros homens. Churrasco era a minha comida favorita.

Todos olharam para mim. Trace segurou meu ombro. Suspirei, pela primeira vez em semanas sentindo algo além de desespero.

— Um churrasco cairia bem — murmurei, e eles sorriram.

— Então vamos lá. — Fui levado em direção a uma caminhonete.

Respirei fundo quando saímos do centro de Austin e continuamos em direção a Spicewood. Viramos em uma rua e dirigimos por uma estrada de terra até que uma casa apareceu. Dezenas de pessoas estavam sentadas do lado de fora, bebendo e conversando.

— A irmandade — Trace disse. Eu olhei para ele, pensando que ele deveria ter cerca de vinte e quatro, vinte e cinco anos?

Ele me levou para dentro da casa. Um grupo de homens estava na cozinha enorme. Eles pareciam diferentes de Trace e seus amigos. Pareciam mais inteligentes em suas roupas extravagantes. Falavam diferente. Era como se fizessem mais do que apenas brigar com gangues de rua.

Um cara mais velho e com um olhar suspeito se levantou.

— Quem é esse? — perguntou, gesticulando com o queixo na minha direção.

— Shane Rutherford — Trace respondeu. — Encontrei ele sendo assaltado por chicanos. Não poderia deixar um irmão desamparado daquela maneira.

O mais velho assentiu com a cabeça.

— Jay está na sala dos fundos. Ele vai cuidar do garoto.

Segui Trace por um corredor até um cômodo. O lugar era quase todo revestido de *paineis de madeira, com bandeiras americanas e nazistas penduradas na maioria das paredes. E então, no final do corredor, estava uma enorme pintura de Hitler.*

Do maldito Adolf Hitler.

Parei, apenas olhando para aquela imagem. Eu não era idiota. Na verdade, era inteligente pra caralho em todos os anos de escola. Eu me dava bem com mecânica. Engenharia, esse tipo de merda. E prestei atenção na aula de História Europeia. Eu sabia exatamente quem diabos foi Hitler. Sabia alguma coisa sobre o poder branco e Ku Klux Klan. Nunca dei muita atenção a isso, nunca fizeram parte da minha vida. Mas, como os olhos ferozes de Hitler da pintura pareciam focados nos meus, uma sensação estranha tomou conta do meu peito.

Risos vieram do corredor. Uma janela à direita atraiu minha atenção aos homens lá fora. Eles estavam bebendo cerveja americana e uísque escocês e se divertindo muito. Meu estômago apertou quando percebi que nunca tive um grupo de amigos como aquele. Eu tive no futebol. Mas quando seu pai era um alcoólatra cujo passatempo favorito era enfiar o punho na cara do filho, isso faz você se tornar muito fechado. Nenhum dos meus colegas de time sabia o que era estar na minha pele. Joguei futebol porque era um grande filho da puta que precisava bater nas pessoas; para extravasar essa raiva. Meu pai era ainda maior do que eu. Não importava o quanto eu lutasse, aquele bastardo sempre me vencia.

Um dos homens aumentou o volume de um aparelho de som e uma música de rock tocou no alto-falante. Ele gritou a letra da música. Sobre irmandade e ser um americano branco. Senti as batidas da música viajarem por minhas veias como crack.

Eu queria estar lá fora com eles. Bebendo e não dando a mínima para nada além dos homens ao meu redor.

— Você está bem? — Trace perguntou atrás de mim.

Eu me virei e acenei com a cabeça. Segurando meu braço, ele me levou a uma sala pequena no corredor. Um cara alto e magro com cabelo castanho estava ao lado de uma cama com lençóis brancos.

— Jay. — Ele estendeu a mão.

Eu me apresentei.

— Ex-exército — Trace disse, apontando para Jay. — Médico. — Trace deu um tapinha nas costas do cara. — Serviu o nosso país. Abatendo filhos da puta que tentam tirar nossa liberdade. — Trace sorriu. — Um maldito herói branco.

— Obrigado pelo seu serviço.

Jay assentiu com a cabeça, e eu poderia dizer pelo brilho em seus olhos que eu tinha acabado de fazer algo certo.

— Sente-se na cama. — Ele mandou Trace embora, então deu pontos nos meus cortes e enfaixou minhas costelas.

TILLIE COLE

O tempo todo Jay me contou sobre como ele teve uma formação semelhante à minha. Encontrou seu lugar aqui com Johnny Landry. E então se juntou ao exército. Queria lutar pelo seu país, e disse que a maioria dos irmãos neste rancho fez o mesmo. Eles eram soldados americanos, não bandidos. Landry tinha uma missão maior do que apenas brigas de rua com mexicanos e negros. A cada palavra proferida, meu coração batia cada vez mais rápido, se apegando a tudo o que ele dizia. Família... irmãos... um lar... uma razão para viver... Essas palavras me iluminaram como fogos de artifício acendem o céu no Quatro de Julho, dia da independência.

Quando ele terminou, Jay colocou a mão no meu ombro.

— Você precisa falar com Landry, garoto. Posso ver que é o tipo de soldado que ele está procurando. — Deu um tapinha na cabeça. — Você tem algo aqui. — Riu. — Assim como uma tonelada de músculos. — E então saiu, me deixando sozinho.

Eu não conseguia tirar suas palavras da cabeça. Eu era o que Landry procurava. Um sorriso curvou o canto da minha boca.

Tomei os analgésicos com a lata de cerveja que Jay me entregou.

Passei a mão pelo rosto, repentinamente muito cansado, mas com a mente a mil com o que havia acontecido. Com aquela imagem de Hitler me olhando como se pudesse ver através de mim. Com os olhos de Landry me encarando enquanto eu entrava. Quando abri os olhos, alguém estava parado à porta. O garoto parecia ter a minha idade, talvez um pouco mais jovem. Meu olhar se estreitou sobre ele.

— Trace disse que os chicanos pegaram você.

— Tentaram — retruquei, depois de alguns segundos de silêncio. — Seus amigos os afugentaram.

— Você joga futebol americano. — Não foi uma pergunta. — Trace disse. — Parecia que Trace tinha dado a todos um resumo enquanto Jay estava me atendendo.

— Tight end — eu disse. — No ensino médio. Acabei de sair. Eu me formei cedo, e então dei o fora.

Ele assentiu com a cabeça.

— Sou um quarterback. *— Ele deu mais um passo para dentro da sala. O garoto não tinha tatuagens, mas era forte e alto também. — Calouro. — Ele parecia mais sofisticado do que eu e os demais. Falava melhor do que Trace; claro que falava melhor do que eu e meu caipirês. Não parecia como o resto do pessoal aqui. E o garoto, com certeza, não parecia um calouro de faculdade.*

— Eu sou Tanner. — Estendeu a mão em um cumprimento.

Segurando as costelas com uma das mãos, ofereci a outra para ele.

— Shane.

— Está mais para Tank — Trace disse, atrás de Tanner. — Você não come

há semanas, e mesmo assim continua grande desse jeito? Shane que se foda; agora para nós, você é Tank.

— E quem seria esse 'nós'? — perguntei, meu olhar indo de Tanner para Trace. Eu sabia que eles eram do poder branco ou algo assim. Mas não tinha ideia de quem eram.

— Sua nova família. — Trace passou o braço em volta dos ombros de Tanner, puxando-o para perto como tinha feito comigo. — Irmãos, Tank. Malditos irmãos de armas.

TILLIE COLE

CAPÍTULO UM

TANK

Cinco anos depois...

Peguei a bolsa com minhas coisas e fui para o fundo da sala para me vestir. O uniforme da prisão caiu no chão e, em seguida, coloquei o jeans, camiseta e jaqueta de couro – que agora estavam muito apertados. Anos malhando e levantando peso na prisão faziam isso com um homem.

— Assine aqui e aqui — o guarda instruiu.

Depois de duas assinaturas e uma longa caminhada por um corredor, cheguei à porta que prometia minha liberdade. Mudei o peso do corpo de um pé para o outro, cerrando as mãos em punho. Porque ao sair por essa merda de porta, depois do que Landry ordenou, significava que eu, provavelmente, estava saindo apenas para levar uma bala no meio dos olhos. Toquei a cicatriz na minha cabeça. As bordas ainda eram ásperas e a filha da puta ainda doía.

Só o fato de que eu era durão pra caralho, com quem a maioria não ousava se meter, me impediu de deixar desta merda em uma caixa de madeira.

A porta se abriu com um rangido e saí para o mundo.

Três anos. Três anos sem liberdade. Deveria ter sido um monte a mais, mas todos nós que fomos presos naquele dia sabíamos que ficaríamos lá apenas alguns anos, no máximo. Tive que seguir o jogo para que nossos Mágicos[2] pudessem ficar sob nenhuma suspeita.

Deveríamos ter sido sentenciados de vinte e cinco anos à perpétua. Mas aqui estava eu, na porra do sol escaldante do Texas depois de três anos.

Minhas botas rangeram no cascalho enquanto eu caminhava para o portão externo. O guarda esperava em seu posto, pronto para me libertar de volta à selva. Meu coração batia mais rápido a cada passo. Minhas mãos se fecharam em punhos enquanto me preparava para o que quer que me encontrasse do outro lado dos portões. A irmandade que me salvou e me deu uma vida, estava, sem dúvida, prestes a tirá-la.

A tranca do portão ressoou, a maçaneta girou e o calor do Texas atingiu meu rosto para me cumprimentar. Dei um passo para fora do portão, prendendo a respiração para o tiro, a facada, ou o que diabos estava me esperando.

Mas parei quando vi uma caminhonete familiar estacionada na beira da estrada. Arfei pra caralho quando vi meu melhor amigo esperando ao lado dela, os braços cruzados sobre o peito.

Tanner. O maldito Tanner Ayers era quem me apagaria. Presumi que ele ainda estava fora. Ele voltou apenas para isso?

Atravessei a estrada; Tanner ficou parado o tempo todo. Seus olhos estavam focados em mim, até que parei a alguns metros de distância. A única vez que eles se desviaram foi para olhar para a cicatriz na minha cabeça. Ele era meu melhor amigo. Meu irmão. A porra da minha família. Mas Tanner Ayers era o Príncipe Branco, o cavaleiro da porra da Ku Klux Klan.

E, para ele, eu era um traidor.

— Não esperava por você. — Minha voz soou como se eu tivesse engolido uma tonelada de cascalho.

Tanner deu a volta na caminhonete e entrou sem dizer uma palavra. Respirei fundo e entrei no lado do passageiro. Ele acelerou, cantando pneu, se afastando do presídio, deixando poeira em nosso rastro. Um rock sobre supremacia branca soou do rádio, falando sobre acabar com qualquer um que não fosse branco.

Tanner dirigia cada vez mais rápido até que o presídio se tornou um ponto no horizonte. Ele virou à esquerda em uma estrada deserta de terra,

---

2   Mágicos – Líderes "religiosos" da Ku Klux Klan, responsáveis pela inicialização de novos membros.

TILLIE COLE

então freou a caminhonete com um guincho, desligando a música. A caminhonete derrapou alguns metros antes de parar e a cabine ficou cheia com nada além de um silêncio denso.

Mantive meu olhar à frente; não queria ver o rosto do meu melhor amigo quando ele me matasse. O ponteiro dos minutos do relógio no painel bateu cinco vezes antes que ele perguntasse, baixinho:

— É verdade? — Cerrei a mandíbula quando suas palavras ressoaram em meus ouvidos. Quando não respondi, Tanner bateu a mão no volante e rosnou: — É verdade, porra?

Olhei fixamente para a árvore morrendo ao lado da estrada de terra estéril. Os galhos, secos e rachados, lentamente caindo no chão.

— Sim — murmurei por entre os dentes cerrados. Meu olhar baixou para minhas mãos... para a porra da tatuagem do orgulho branco que me encarava de volta. O escudo de São Jorge que ocupava a maior parte do meu braço direito.

Tanner não disse uma palavra depois disso. Alguns minutos se passaram antes que eu olhasse para ele. Seu rosto estava em branco, olhando pelo para-brisa.

— Você é o meu maldito irmão, Tank. — Sua voz estava baixa, rouca pra caralho. Ele finalmente virou a cabeça para me encarar.

O irmão ainda não tinha tatuagens. Ele estava no exército, cumprindo seu dever americano. Em alguma merda ligada a comunicações. Tanner nunca estaria na linha de frente, atirando em qualquer filho da puta que ameaçasse nossas terras. Viram que ele era um gênio do caralho e colocaram seu cérebro para funcionar. Claro, toda aquela merda de comunicação só beneficiaria a Klan. O herdeiro sabendo *hackear* computadores? Um maldito presente nas mãos de Landry.

Ele não era nada parecido com o garoto que conheci naquele dia, anos atrás, em Spicewood. Tanner Ayers era, finalmente, o Príncipe Branco que sua família o preparou para ser. Feroz, inteligente pra cacete, e que nunca hesitava em cortar a garganta de um de nossos inimigos.

Agora eu estava incluso nessa lista.

— Você ferrou com tudo. Landry esperava que você estivesse com ele naquela matança. — Tanner balançou a cabeça e uma onda de raiva subiu por seu pescoço, deixando-o vermelho. — Ele contava com o seu maldito segundo em comando naquele lugar, e você deu pra trás! — Sua respiração estava acelerada agora. — Por quê? Por que diabos você se preocupa com a porra de um chicano sem importância? — Ele olhou para mim como se não me conhecesse. Como se não tivéssemos derramado sangue lado a lado pela causa.

Mas aquele chicano de quem falou, ele não era *sem importância*. Eu comecei a conhecê-lo. Dividi uma cela com ele por um tempo antes de Landry puxar alguns pauzinhos e me conseguir um irmão ariano. Pensei no dia em que o conheci...

No minuto em que ele entrou na cela, esmaguei suas costas contra a parede.

— É bom você me escutar, seu maldito chicano sujo. Se você respirar errado na minha direção, vou cortar sua garganta e te deixar sufocar com seu próprio sangue.

O chicano olhou nos meus olhos, e então riu como um louco.

— Claro que vai.

Minhas mãos agarraram sua camiseta enquanto a raiva crescia em mim. Empurrei-o para trás e rosnei:

— Não vou voltar para a solitária, então fique longe do meu caminho e não me faça matar você.

O garoto – porque ele de jeito nenhum tinha mais de dezoito anos – passou por mim e se deitou em sua cama.

— Relaxe, porra. Não pretendo atrapalhar ninguém. — Pegou um livro e olhou para mim por cima das páginas. — Isto é um livro. Você deveria ler um. — Fez uma pausa. — E não a merda que foi feita para o seu "pessoal". — Acenou o livro em frente ao meu rosto. — Livros reais. Escrito por pessoas reais com problemas reais. Ideias sobre como resolver esses problemas... não importa a cor da pele ou religião.

Franzi os lábios quando ele se virou e começou a ler. Landry tinha que me tirar desta cela. Eu só tinha que tentar não matar esse idiota antes que isso acontecesse.

TILLIE COLE

Descobri que Carlos era um bom garoto. Mas um garoto que tinha ferrado com tudo e virado inimigo da pessoa errada – Johnny Landry. Ele não sabia como manter a boca fechada, falando de seus livros e fazendo com que nós, irmãos da KKK, parecêssemos idiotas. Landry havia acabado de sair da solitária quando tudo aconteceu.

Entendi a mensagem, mas demorei o máximo que pude para fazer acontecer. Eu sabia que não poderia salvar Carlos se Landry o quisesse morto, mas também sabia que não poderia evitar matá-lo. No fim, deparei com Carlos sangrando no chão, a porra do livro que ele tanto amava ao seu lado, a faca que eu dei a ele saindo do pescoço de Brant – um de nossos soldados, morto também. Olhando para a poça de sangue, para seus olhos congelados com a morte, algo em mim se rompeu. Ele era apenas um garoto tagarela. Mas, para Landry, ele estava impedindo que nos tornássemos uma raça pura. Ele tinha que ser eliminado. A boca de Carlos tinha que ser fechada para sempre. Eu avisei ao garoto, mas ele não ouviu.

Parei de comer com todos eles depois disso. Fiquei longe, porque os olhos mortos de Carlos nunca deixaram minha mente.

E, com isso, assinei minha própria sentença de morte.

— Eu quero sair. — Encontrei o olhar furioso de Tanner. — Quero dar o fora desta vida.

— A guerra está chegando — ele disse, lentamente, como se eu fosse um idiota. — A guerra racial está chegando.

Eu ri. Ri pra caralho.

— Não há guerra racial, Tann. É tudo besteira.

Eu li alguns dos livros de Carlos. Na prisão, eu não era o garoto do parque de trailers que devia à Klan minha lealdade, seguindo-os cegamente em tiroteios e assassinatos. Finalmente usei a porra do meu cérebro pela primeira vez em cinco anos e percebi que era tudo um monte de merda.

A bochecha de Tanner se contraiu em aborrecimento.

— Você é a pessoa mais inteligente que já conheci. Sabe que é tudo besteira. Você tem que acordar, porra!

Tanner balançou a cabeça, como se fosse discutir. Mas ele não discutiu. Não conseguiu. Porque sabia que eu estava certo. Tínhamos sido alimentados com merda racista até que em nossas veias corressem apenas o branco e o vermelho da Klan. Mexicanos, negros, judeus e gays não eram nada, eram ratos que precisávamos matar. Uma poluição para o mundo e a raça branca que reinava suprema. Eu vivi, respirei, bebi daquela merda; matei, bati e cuspi em qualquer um que não fosse como nós.

Briguei na rua ao lado de Landry, nosso líder, até que um negro morreu. Minha sentença pela minha parte – cinco anos. Saí em três por "bom comportamento". Na verdade, era porque tínhamos um Mago[3] influente do nosso lado – o mais influente do Texas, porra, dos Estados Unidos. Landry não estaria muito atrás de mim. Ele nunca teria sido preso em primeiro lugar, mas um policial negro nos prendeu, o caso virou notícia e tivemos que andar na linha. Ninguém tinha permissão para saber quem era o irmão mais velho de Landry.

Quem o pai do Tanner realmente era.

— Estamos indo para uma reunião no rancho. — Tanner voltou para a estrada e ligou o rádio. A música soava forte, parecendo se tornar mais alta a cada quilômetro percorrido e que nos aproximava do rancho Spicewood.

Seria lá.

Terminaria onde tudo começou.

— Só saiba que amo você pra caralho como um irmão — falei, alto, para que ele pudesse ouvir por cima da música. Eu nem tinha certeza se Tanner tinha me ouvido. — Ainda amo. Nada vai mudar isso. Klan ou não. Você é a porra do meu irmão.

Desde o dia em que cheguei ao rancho, Tanner estava lá. Dali em diante, ele ficou ao meu lado. Éramos jovens em comparação com muitos dos outros. Fazia sentido que tivéssemos nos tornado próximos. Eu não sabia que estava me tornando amigo do Príncipe Branco. Não sabia que a amizade me levaria para o círculo interno da KKK de Austin. Um verdadeiro irmão, alguém valioso.

Aquele cuja única saída era a morte.

Tanner não respondeu ao que eu disse. Ele não disse uma única palavra enquanto cruzávamos os limites da cidade de Austin, nem enquanto dirigíamos pela estrada de terra do rancho Spicewood KKK, onde eu podia ouvir música e ver o fogo lambendo as cruzes de madeira.

No minuto em que a caminhonete parou, todos os olhos estavam sobre nós. As mãos de Tanner eram punhos de ferro no volante. E então...

— Vou sentir sua falta, idiota.

Tanner saiu da caminhonete, e eu sabia que tinha apenas alguns minutos restantes.

---

3   Mago – Responsável por toda a área de atuação da Ku Klux Klan.

TILLIE COLE

Era uma sensação estranha saber que você estava prestes a morrer pelas mãos das pessoas que um dia salvaram sua vida. Mas o que mais me surpreendeu foi a calma nas minhas veias. Acho que sempre pensei que iria acabar morrendo pela Klan. Só nunca pensei que seria um desertor.

Tanner abriu a porta do passageiro, pegou meu braço e me arrancou da caminhonete. Meus irmãos avançaram furiosamente, alguns ainda com os capuzes do comício. A mão de Tanner agarrou minha nuca.

— Eu sabia que ele não era um traidor do caralho — Tanner disse. *O que...?* Ele não me deu tempo para demonstrar meu choque, enquanto continuava: — Brant, aquele filho da puta, queria ferrar com o Landry. Ele nunca passou a mensagem para o nosso garoto Tank aqui e mentiu para o meu tio. Apenas para morrer matando um chicano fracote como mijo. É por isso que Tank estava atrasado. Ele recebeu a mensagem tarde demais. — Tanner cuspiu no chão, então sua mão foi para a minha cicatriz. — Tank foi esfaqueado por causa do maldito, mas ele ainda conseguiu lutar contra Aaron, que fez isso, permanecendo vivo para lutar na guerra que se aproxima! — Os irmãos assentiram com a cabeça e vi o orgulho em seus olhos. — Vou avisar Landry que um de nossos melhores soldados brancos está livre e mais dedicado à causa do que nunca!

O falatório aumentou ao redor dos membros da Klan, e fui bombardeado com bebidas, abraços e "boas-vindas". Eu me afastei para ver Tanner pegar uma garrafa de uísque e caminhar para um lado da propriedade.

Uma mão dura pousou nas minhas costas.

— Eu sabia. — Levantei o olhar para deparar com Beau Ayers, o irmão mais novo de Tanner. Eu reconheceria sua voz rouca em qualquer lugar. — Você não é um traidor. — Beau olhou para seu irmão mais velho. Eles não se pareciam em nada. Beau tinha cabelo castanho comprido e olhos do mesmo tom. E Beau Ayers era como uma maldita fortaleza; sempre fechado. Não tinha ninguém por perto, a não ser seu irmão. E eu, de vez em quando.

Isso foi o máximo que já o ouvi falar desde que nos conhecemos.

— Ele não era o mesmo sem você. Está de licença do exército só por mais algumas semanas. No minuto em que soube o que aconteceu, Tanner disse a todos que era tudo besteira. Que ele apostaria a vida que houve algum engano. — Beau trocou o peso do corpo de um pé para o outro, desajeitadamente, cruzando os braços volumosos sobre o peito. — Meu irmão está sempre certo.

A culpa me invadiu, intensa e rápida. Tanner tinha confiado em mim. Havia me defendido.

Beau se afastou, indo para dentro da casa do rancho, mantendo-se longe de todos os outros. Procurei por Tanner, mas não havia sinal dele. A bebida fluiu; as "boas-vindas ao lar" também.

Um braço envolveu meu pescoço.

— Tank! — A voz bêbada de Calvin Roberts atingiu meus ouvidos. Levantei o olhar para ver vários dos meus irmãos reunidos ao meu redor. Calvin ergueu sua garrafa de bebida para chamar a atenção de todos. — Conte o que aconteceu naquele dia. Quando você acabou com Keon Walters e seu pessoal. Todos nós já ouvimos as histórias; nos masturbamos com a descrição das malditas mortes. Mas queremos ouvir de sua boca. Um dos verdadeiros heróis.

Keon Walters. Esse nome ecoou em minha cabeça. *Keon... Keon... Keon...* Seu rosto brilhou diante dos meus olhos; seu rosto machucado. A sensação de seus ombros sob minha mão e o cheiro do seu sangue se acumulando no chão...

— *O quê?* — *Landry atendeu o celular. Estávamos voltando de uma reunião de negócios com a Irmandade Ariana. Mais aliados para a guerra que estava por vir. Landry desligou sem dizer mais nada. Mas seu rosto se tornou uma pedra de gelo, e ele deu uma guinada no volante, virando repentinamente para a direita. Seu pé pisou fundo no acelerador.*

— *O que está acontecendo?* — *perguntei, meu coração começando a bater acelerado, sabendo que algo grandioso estava acontecendo.*

— *Keon e seu pessoal estão perto de Marble Falls. Fazendo negócios em nosso território.* — *Landry estava tão puto que cuspia quando falava. Senti o calor familiar do ódio viajar por minhas veias, me agitando por dentro. Minha perna quicou, ansiosa para a briga que eu sabia que estava por vir.*

— *Brant acabou de ligar. Eles estão lá agora, esperando por nós.*

Assentindo, toquei a calça jeans e tirei a faca e arma. Meus ombros ficaram tensos, meus olhos escaneando ao nosso redor enquanto Landry dirigia a caminhonete o mais rápido possível.

Keon Walters era um pedaço de merda. Tentando entrar em nosso território e negociar armas debaixo dos nossos narizes. Olhei para Landry; seu rosto estava vermelho como uma beterraba. Keon Walters tinha assinado sua sentença de morte três meses atrás, quando matou o melhor amigo de infância de Landry. Roy Harris levou um tiro na cabeça.

Keon Walters foi quem disparou a arma.

Landry estava esperando por este dia.

— Cinco deles — Landry falou, claramente se referindo a quantos dos homens de Keon estavam traficando no local. — O maldito negro também está lá. — Landry sorriu. Foi o sorriso mais frio que já vi.

Meu coração bateu mais rápido, a animação com o pensamento de Keon morrendo, de forma lenta e dolorosa sob nossas mãos brancas, deixando meu pau duro. Segurei a faca com mais força, colocando a arma no cós da calça jeans. Um minuto depois, pulei da caminhonete para a porra do caos. Brant e Charles estavam avançando pela estrada de trás, as armas disparando contra o pessoal de Keon, que estava se escondendo atrás de latas de lixo. Uma bala atingiu Charles e seu corpo caiu no chão.

Olhei para baixo, vendo seus olhos arregalados e um ferimento a bala na cabeça. Minhas mãos agarraram a faca com tanta força que quase quebrei a porra do cabo.

— Maldito! — rosnei e comecei a correr pela estrada. Alcancei o primeiro filho da puta antes mesmo que ele tivesse a chance de fugir. Enfiei a faca em seu pescoço tatuado e o observei cair no chão, a bandana colorida de sua gangue caindo ao lado dele.

Fui para o próximo idiota, tirando a arma do jeans e mandando uma bala direto para o coração do filho da puta impuro. Dei um sorriso frio pra cacete, enquanto seus olhos se fixavam em mim e o sangue escorria de sua boca. A última coisa que ele viu foi um irmão da Klan, sorrindo para ele enquanto sua vida se esvaía.

— Tank! — Virei a cabeça para os fundos da lixeira distante. Landry estava lutando para conseguir segurar um dos filhos da puta. Quanto mais para perto eu corria, mais rápido meu coração batia. Keon Walters. Brant apareceu ao meu lado; machucado, ferido, mas ainda na briga. Ele matou alguns desses idiotas também.

Landry jogou Keon em minha direção e não perdi tempo; desci meu punho no rosto do filho da puta e o esmurrei no chão. Foi apenas Landry me arrastando para longe que me impediu de acabar com Keon naquele momento.

— Segure-o! — Landry ordenou. Deixei a raiva de lado e fiz o que ele disse, empurrando os ombros de Keon para o chão. Landry ficou acima dele e deu aquele maldito sorriso frio novamente. Ele colocou sua faca no rosto de Keon, que tentou se soltar do meu *agarre, mas eu era muito mais forte. O idiota não conseguiu se mover nem um centímetro.*

O som das sirenes dos carros da polícia soou ao longe.

— Landry — adverti. — Precisamos sair daqui. Agora. — Este lugar era muito público. Alguém tinha nos visto. Nem todos os policiais estavam em nossa folha de pagamento.

Seus olhos se entrecerraram na minha direção.

— Não vou apressar isso. — Ele levou a faca para a garganta de Keon e lentamente cortou sua pele. Só para vê-lo sangrar. — Vou fazer valer a pena. — Seu olhar encontrou o meu. — Se formos presos por alguém que não é nosso, ficaremos presos por apenas alguns anos. Você sabe que temos proteção contra qualquer coisa mais. É nosso dever fazer essa vingança. Isso é para a Klan, Tank. Pela irmandade. Por Roy... — Ele se concentrou em Keon. — Agora. Segure o bastardo impuro. Vou fazer esse filho da puta gritar...

O som do escapamento de uma caminhonete apagou a lembrança e me trouxe de volta ao aqui e agora. O braço de Calvin se afastou de mim, e ele e seus irmãos foram em direção de onde vinha o barulho. Com certeza, era algum idiota bêbado fazendo racha na estrada de terra.

Olhei ao meu redor. As pessoas estavam quase desmaiadas de tão bêbadas; o sol estava começando a nascer. Eu precisava dar o fora daqui. Para ficar sozinho e apenas respirar. Dei a volta na parte de trás da propriedade até a oficina de motos, relaxando instantaneamente ao vê-la. Eu era mecânico de motocicletas. Esta era minha oficina. Senti falta disso.

Parei de supetão. Minha moto estava parada ao lado da oficina. Meus alforjes cheios com as minhas coisas. Minhas ferramentas, roupas, e tudo mais.

Tanner estava ao lado dela, com uma garrafa de uísque vazia na mão. Senti a garganta apertar.

— Tann... — murmurei, mas ele apenas acenou com a cabeça uma vez e tentou ir embora. — Tann!

Ele virou a cabeça.

TILLIE COLE

— Vá. Antes que eu não tenha escolha a não ser enfiar a porra de uma bala na sua cabeça.

— Tann... — falei, novamente, no entanto, ele não disse mais nada. Sua camisa de flanela estava amarrada na cintura, revelando a suástica nas costas de sua camisa sem mangas. E eu o observei se afastar, até que o desenho sumiu de vista.

Meu coração disparou. Esta era minha única chance de dar o fora daqui. Pulei na moto e dirigi pela estrada dos fundos que saía do rancho. E não olhei para trás. Apenas dirigi... para onde? Realmente não importava.

Pela primeira vez na minha vida, eu estava livre.

CAPÍTULO DOIS

SUSAN-LEE

— E sua nova Miss Central Texas é... — Minhas bochechas doíam de manter o sorriso falso. Meus pés pareciam instáveis quando os sapatos feriram minha pele. Mas usar saltos dois tamanhos menores faria isso com uma garota.

Avistei minha mãe com as mãos no rosto enquanto o apresentador abria o envelope.

— Senhorita Susan-Lee Stewart!

Flashes disparando de câmeras fotográficas me bombardearam, e canhões de confete explodiram no ar acima do palco. Senti a decepção das outras garotas no palco, seus ciúmes e tristeza densos como fumaça, obstruindo o ar. Flores foram colocadas em minhas mãos, uma faixa em volta do meu vestido rosa e uma coroa na minha cabeça.

Eu sorri e acenei como o robô em que minha mãe havia me transformado. Eu a vi sorrindo para mim no palco. Sorrindo como se fosse ela quem tivesse vencido. Porra, e o pior é que foi. Eu poderia literalmente cagar e andar para essa vida.

Meus lábios começaram a tremer quando o sorriso falso esticou os músculos do meu rosto. Meus olhos percorreram a multidão aplaudindo como se eu estivesse vendo tudo de cima, do ponto de vista de outra pessoa.

Meu coração batia forte no peito e minha cabeça girava.

O que diabos estou fazendo aqui?

Meus pés deram um passo para trás, depois outro, até que me virei e saí correndo do palco. Pela primeira vez em minha vida patética, eu apenas corri, deixando o instinto assumir o controle. Eu corri e corri; nem mesmo os saltos tortuosos machucando meus pés me impediram.

— Susan-Lee! SUSAN! — Ouvi a voz da minha mãe soar às minhas costas. Mas meu coração não cedeu, nenhum sentimento de culpa foi o suficiente para me deter. Aquela vadia tornou minha vida um inferno, e eu estava farta. Seu estridente grito me fez correr muito mais rápido, o hematoma em minhas costelas pulsando a cada passo.

Avistei um sinal de uma saída de emergência e fui naquela direção. Joguei as flores no chão, empurrei a barra metálica da porta e corri para debaixo do sol forte. Corri pelo beco e entrei em uma pequena estrada. Olhei para a esquerda e direita, minha mão estendida, rezando para que alguém parasse.

Eu não aguentaria mais um maldito dia dessa vida. Mais um dia dos vestidos, do bronzeamento artificial... e dos punhos da minha mãe.

O medo inundou meu corpo quando ouvi sua voz se aproximando. Em seguida, o rugido ensurdecedor de uma motocicleta ressou pelo ar. Acenei freneticamente para o homem parar, mas nem achei que ele fosse atender. A esperança sumiu rapidamente quando vi minha mãe aparecendo no beco, seu rosto emburrado e vermelho com a fúria. Não importava que eu fosse uma mulher adulta – ela era minha criptonita. Uma para quem perdi muitos anos tentando fazer com que me *amasse*.

Ela era a única pessoa que me deixava com medo.

No meio do meu pânico, meus pés se atrapalharam, meus malditos saltos altos fazendo meu tornozelo torcer. Tropecei no meio-fio e cambaleei para frente. Minhas mãos se estenderam em busca de algo para amortecer a queda, quando meu quadril, de repente, se chocou contra algo duro, a dor me fazendo gritar. Levei apenas alguns segundos para perceber que era uma moto – uma moto que estava se movendo lentamente para parar ao meu lado. Duas mãos seguraram meus braços e, quando levantei a cabeça, deparei com um par de olhos tão azuis que nem pareciam reais.

— Jesus! Você quase me atropelou! — resmunguei, mas minha voz era quase um sussurro.

Uma risada rouca escapou dos lábios do motociclista de olhos azuis.

Mas sua risada desapareceu quando ele olhou por cima do meu ombro e a voz da minha mãe soou novamente.

— Você vai subir ou o quê, Beauty Queen[4]? Parecia que você estava tentando pegar uma carona.

Não precisei olhar para minha mãe atrás de mim para que tomasse uma decisão. Eu nem me importava que o homem fosse enorme e tivesse a cabeça raspada, com uma imensa cicatriz vermelha na lateral de seu rosto. Eu apenas vi minha chance de liberdade e a aproveitei.

Subindo na garupa da Harley, enlacei sua cintura e implorei:

— Por favor. Vá! — A moto acelerou.

Meu coração batia forte no peito enquanto o motor rugia e o banco vibrava com força abaixo de mim.

Olhei para trás, o local desaparecendo de vista. Apertei os braços em volta da cintura do motorista, e o cheiro de óleo e couro me cercou. Cheirava a liberdade.

Nós fomos embora. Dirigimos até o sol começar a sumir no horizonte. Eu sabia que deveria estar preocupada. Especialmente quando vi as tatuagens com as quais esse cara estava coberto; elas eram do poder branco. Eu tinha visto muitas delas em minha vida. Ele poderia estar me levando a qualquer lugar. Poderia ser um assassino ou algo do tipo. Traficante. Ainda assim, continuei segurando firme nele. Isso é o quanto eu precisava ficar longe da minha mãe.

Eu não tinha certeza de quantas horas estávamos na estrada, mas era certo que não estávamos mais em Austin. Ao perceber isso, de repente, pude respirar, o peso em meu peito aliviando pela primeira vez na vida.

O cara virou à esquerda e parou em um hotel. O sinal de neon vermelho zumbiu, nos dizendo que havia quartos livres. Minhas pernas estavam dormentes quando ele estacionou; meus dedos estavam rígidos, como se tivessem sido fundidos à sua cintura. Quando ele desligou o motor da moto, ainda ficou sentado ali por alguns minutos; não me mexi. Em seguida, ele olhou para mim. Engoli em seco quando aqueles olhos encontraram os meus novamente.

— Você vai se mexer, Beauty Queen?

Fiquei apenas piscando, seu sotaque lento me tirando do transe; passei a perna por cima do banco. Quando me afastei, pela primeira vez vi como ele realmente era. Engoli em seco ao ver o tamanho dele, cada centímetro

---

4 Rainha da beleza, em inglês.

TILLIE COLE

de sua pele coberto de tatuagens.

Ele era *lindo*.

Seu lábio se contraiu quando ele olhou para mim. Então seu olhar foi para minha cabeça. Levei um minuto para perceber do que ele estava rindo. Arranquei a coroa e a joguei no chão.

— Não é fã de coroas?

— Não mesmo — rosnei em resposta. Seu rosto se iluminou com humor. Estendi a mão. — Susan-Lee.

Ele estendeu a mão e segurou a minha.

— Tank.

— Posso ver por que você tem esse nome, meu bem. — Puxei a mão de volta. — Obrigada pelo resgate, eu realmente precisava.

Tank assentiu com a cabeça e desceu da moto. Ele parecia ainda mais intimidante em pé. Porra. Ele era *muito* bonito. O rosto dele era incrível. Seus olhos focaram em meu vestido.

— Você fugiu de um concurso ou alguma merda do tipo?

Estendi os braços.

— Meu bem, você está olhando para a nova Miss Central Texas. — Seus olhos se arregalaram. — Ou não. Imagino que minha fuga possa significar que abdiquei oficialmente desse título.

— Você tem dinheiro?

Meu rosto empalideceu. Tank nem sequer me deixou responder que não. Eu não tinha pensado em nada, a não ser sair correndo do palco. Uma decisão tomada em uma fração de segundo. Ele colocou a mão na jaqueta de couro e me entregou um maço de dinheiro.

— Eu não posso aceitar isso!

— Você está fugindo. Eu também. Você vai precisar de dinheiro. Eu tenho.

— Por que *você* está fugindo? — perguntei.

Seu rosto congelou. Ele empurrou o dinheiro para mim e o forçou na minha mão.

— Cuide-se, Beauty Queen. — Ele se virou e entrou na recepção do hotel. Eu o segui.

Quando entrei, ele estava pegando uma chave; passou por mim com um aceno de cabeça e desapareceu em um dos quartos do lado de fora.

— Você quer um quarto, querida?

Olhei para a mulher atrás da mesa.

— Sim. Obrigada.

Dez minutos depois, eu estava me olhando no espelho do banheiro. Meu cabelo estava em tal estado que se minha mãe estivesse aqui, ela perderia a cabeça. Fechei os olhos, sentindo seu punho fantasma bater nas minhas costelas com a minha falta de perfeição.

Quando abri os olhos novamente, passei as mãos pelos fios até que cada mecha cacheada se desfizesse...

... E comecei a rir.

Eu não podia negar que gostei da maneira como a calça de couro se moldava às minhas pernas. Caramba, eu não podia negar que ela ficava bem pra caralho em mim, ponto final. A regata preta se agarrou ao meu corpo como uma segunda pele. Lábios vermelhos e meu cabelo solto e liso finalizaram bem o *look*. Meus novos sapatos de salto alto estalaram na calçada enquanto eu caminhava até o bar ao lado da estrada. Música *country* ecoava das paredes de madeira e letreiros de neon de diferentes marcas de cerveja ocupavam a maior parte das janelas.

Abri a porta e entrei. Estava um pouco cheio, os cantos escuros escondendo a maioria dos clientes. Não era muito a minha praia, mas eu precisava de uma maldita bebida, e aqui no meio do nada, isso era o melhor que eu conseguiria.

Ignorei os olhares e os poucos assobios que vieram em minha direção. Batendo no balcão, eu disse ao atendente:

— Vinho rosé se você tiver, meu bem.

— Temos cerveja e uísque, loirinha.

Fiz uma careta.

— Então, um uísque com gelo. — Eu odiava uísque. Mas agora eu beberia gasolina se achasse que isso me ajudaria a ficar bêbada.

Sentei em um banco enquanto esperava a bebida. Quando chegou, tomei um gole, tentando não estremecer com o líquido que atingiu minha língua. Eu gostava de um tipo de bebida mais doce.

Senti alguém se sentar ao meu lado. Então uma mão tocou minha bunda. Abaixei lentamente a bebida, em seguida, me virei para encará-lo. O cara era grande, acima do peso e tinha bigode. Uma maneira infalível de fazer um homem parecer um idiota assustador – a porra de um bigode.

Dê-me uma barba por fazer ou uma barba cheia… Eu não podia negar o quão bom era aquela merda entre as coxas.

A pele desse cara estava coberta de suor. O que quase me fez vomitar.

— É melhor você tirar essa mão da minha bunda, meu bem — avisei. Ele sorriu e tive vontade de cuspir na sua cara.

— Eu meio que gosto de onde ela está.

Agarrei seu pulso e afastei seu braço.

— Cai. Fora. Porra.

Eu estava voltando para a minha bebida quando sua mão bateu na minha bunda novamente. Dessa vez, com mais força. O impacto me fez derramar o uísque. O idiota queria me machucar e eu estava prestes a perder a cabeça.

Eu me virei, pronta para acabar com esse idiota, quando um braço apareceu no balcão entre mim e ele.

— Tira a porra da mão da bunda dela ou vou quebrar a merda da sua cara.

Meus olhos se arregalaram quando vi a familiar cabeça raspada e a cicatriz.

— Cai fora, Nazi. — O nojento cuspiu e tentou vir novamente para cima de mim.

Tank não hesitou. Ele não falou de novo, apenas enviou seu punho na cara do verme, e o idiota caiu no chão. Mas meu estômago embrulhou quando alguns outros homens se levantaram. O nojento claramente tinha amigos. Eles atacaram Tank, que apenas sorriu e colocou seus punhos enormes em ação. Ele fez com que parecesse quase fácil. Risível.

Até que um deles pegou uma garrafa. Antes que eu pudesse fazer ou dizer alguma coisa, ele a quebrou na cabeça de Tank. Meu coração bateu forte quando vi o sangue brotar. Meu estômago deu uma cambalhota e o medo se espalhou pelo meu corpo. Medo por Tank e no que o meti.

Eu não deveria ter começado essa merda.

Os socos de Tank eram implacáveis. E mesmo com sangue escorrendo em seus olhos, ele lutou contra os homens até que todos estivessem no chão, gemendo e ensanguentados. Quando nenhum deles fez menção de se levantar de novo, ele agarrou minha mão e me puxou para fora do bar. Não olhei para trás; estava muito ocupada lutando contra a sensação estranha em meu peito ao sentir a mão áspera de Tank na minha. Ele me levou para sua moto.

— Suba, Beauty Queen.

Saímos do bar e descemos a estrada para o hotel. Quando estacionamos, Tank olhou para mim e suspirou.

— Por que tenho a sensação de que você é encrenca na certa?

Eu sorri e pisquei. Porque eu, claramente, era.

Saí da moto e toquei no ombro de Tank.

— Vamos, garotão. Vamos limpar você.

— Não precisa, eu farei isso…

Eu me virei para encará-lo, com as mãos nos quadris.

— Não vou aceitar um não como resposta, meu bem. Tire seus músculos enormes de cima dessa moto e me siga. — Entrei na recepção no caminho. Um garoto estava atrás da mesa; tinha, talvez, dezesseis anos. Eu me inclinei na mesa e seus olhos imediatamente foram para os meus seios. Sempre acontecia quando você tinha um par deste tamanho. — Você tem um kit de primeiros socorros que eu possa pegar emprestado, docinho? — O garoto pegou o que pedi debaixo da mesa e estendeu na minha direção. — Obrigada, querido.

Tank deu uma risada baixa às minhas costas.

— Ele vai pensar em você quando se masturbar esta noite — murmurou baixinho quando passei por ele.

Eu ri e vi algo cintilar nos olhos azuis de Tank quando disse:

— Espero que ele não seja o único.

Ele riu mais alto. Lá estava aquela maldita sensação no meu peito novamente.

O sangue no rosto de Tank o fazia parecer como se tivesse saído de um filme de terror. Bati em seu peito.

— Vamos tirar esse sangue do seu rosto antes que *você* cause pesadelos para o garoto.

Eu fui para o meu quarto, e Tank me seguiu. Pude ver a hesitação em seu rosto quando olhei para trás. Era nítido que ele não queria vir comigo.

Ele era durão, mas acabou cedendo.

Quando entramos no meu quarto, apontei para a beirada da cama.

TILLIE COLE

— Sente-se. Tire a camisa e a jaqueta.

Eu estava abrindo o kit de primeiros socorros quando percebi que Tank ficou congelado e com a mandíbula tensa. Seus olhos se fixaram no tapete vermelho puído. Eu me aproximei e o fiz me encarar.

— Eu já vi as tatuagens do poder branco, assim como as nazistas, meu bem. Então tire a camisa e a jaqueta e me mostre esses músculos. Essas tatuagens não me assustam. *Você* não me assusta.

— Pois deveria.

Voltei para o kit, ignorando suas palavras murmuradas. Passaram-se alguns minutos antes de ouvir Tank suspirar e começar a tirar suas roupas. Quando levantei a cabeça, me deparei com um peito largo repleto de tatuagens. Cicatrizes se espalhavam por toda parte; marcas brancas e vermelhas em relevo, cortando suas tatuagens pretas, fazendo sua pele parecer um mapa desbotado. Nenhuma parte minha pensava que Tank teve uma vida fácil.

— Você ainda está dentro? — perguntei, enquanto o guiava de volta para a cama. Minha mão mal cobria um quarto de seu bíceps. Ele era alto o suficiente para que seu rosto ficasse quase alinhado com o meu quando se sentou. Tank balançou a cabeça e soltei um suspiro silencioso de alívio. Ele estava fora da Klan.

Ficamos em silêncio enquanto eu começava a limpar o sangue de sua cabeça. Tinha um corte grande em um lado; no oposto à cicatriz já existente. Perto assim, eu podia sentir o cheiro dele de novo. Tank era como uma extensão de sua moto – óleo e couro; bom pra caramba. Fez minha boceta se contrair. Eu estava arriada por aquele homem todo tatuado, musculoso e de cabeça raspada, e que parecia um deus.

— Você já andou com a Klan? — Tank, por fim, perguntou com a voz rouca. Suas palavras fizeram com que eu voltasse ao presente.

— Minha família — eu disse. — Primos e essas merdas. Fui a algumas festas no lugar deles em Waco quando era adolescente. — Dei de ombros. — Meus pais também conheciam uns membros da Klan. Eles não eram membros oficiais, é claro, mas com certeza teriam me matado se tivesse voltado para casa com um namorado negro ou mexicano. — Olhei para Tank. — Meu pai morreu anos atrás, mas minha mãe, provavelmente, teria aprovado você.

— Bom saber.

Derramei um pouco de água oxigenada em um chumaço de algodão.

— Isso vai doer. — Pressionei o chumaço em seu machucado.

Tank nem mesmo vacilou. Mas eu, sim, quando suas mãos subiram para a minha cintura. Seus polegares deslizaram sobre meus quadris. Eu poderia falar como um papagaio, mas o toque desse homem me deixou sem voz.

— Você ganhou essa cicatriz com a Klan? — perguntei em seguida.

Tank olhou para mim. Suas mãos permaneceram em meus quadris.

— Na prisão.

Assenti com a cabeça.

— Você está fora há muito tempo?

— Dois dias.

Arregalei os olhos.

— E você já saiu da Klan?

— Ontem.

— Ah... — As coisas estavam começando a fazer mais sentido. — Você ficou preso por muito tempo?

— Três anos.

Eu me afastei, concentrada agora no corte em sua bochecha e lábio. Ele levou alguns socos no rosto.

— Você quer uma bebida? — Nem esperei sua resposta; só peguei a vodca no frigobar. Comprei alguns suprimentos com parte do dinheiro que Tank havia me dado. Bem, comprei roupas e bebidas alcoólicas.

Tank abriu a tampa e bebeu alguns goles. Ele estendeu a garrafa para mim.

— Vai querer? Estou sempre pronto para ficar bêbado, querida.

Segui seu exemplo, dando alguns goles enormes, então devolvi a garrafa para ele para que pudesse cuidar dos seus cortes. Eu podia sentir o olhar de Tank em mim o tempo todo.

— Pronto — falei e tomei mais alguns goles de vodca. Levantei a mão e acariciei a cicatriz em seu rosto. — Briga na prisão?

— Mais como um adeus da Klan. — Arregalei os olhos. — Eu deveria ter ajudado em um assassinato na prisão, mas não ajudei. Esta foi a minha recompensa.

— Que merda, meu bem. — Balancei a cabeça e me sentei ao lado dele. — E então? A Klan está atrás de você agora ou algo assim? É por isso que você fugiu?

— Não. Tenho um amigo que me ajudou a sair; meu melhor amigo. Ele tirou todos eles do meu pescoço. Eu não esperava por isso. — Pegou a

vodca novamente e deu mais um gole. O quarto estava começando a girar...
Eu adorava essa sensação.

Além do mais, isso me deixava com um tesão danado.

Eu me deitei na cama. Tank olhou para mim e se recostou também, apoiado no cotovelo. Eu podia ver as perguntas em seu olhar.

— Você vai voltar?

— Não mesmo — eu disse, e sorri quando Tank imediatamente me devolveu a garrafa. Devo ter soado um pouco desesperada por álcool. Dei um gole no líquido e me arrastei para mais perto dele.

Olhei para a enorme tatuagem "SS" no centro do seu peito e estendi a mão, traçando as linhas escuras com o dedo. Sua pele aqueceu sob o meu toque. Quando olhei para o seu rosto, Tank passou a língua no lábio inferior. Eu gostei; então continuei circulando as letras.

— Minha mãe é uma psicopata maluca. Ela sempre foi, mas ficou pior quando meu pai morreu. — Levantei a regata e deixei minha barriga à vista. Os olhos de Tank incendiaram com a visão do meu corpo, e vi seu pau endurecer sob a calça jeans... até que levantei a regata o suficiente para que pudesse ver a pele. Ele congelou quando viu o hematoma roxo. — É incrível o que maquiagem pode cobrir hoje em dia. — Lambi meu polegar e o passei pelo lado do meu olho. Eu sabia que a maquiagem saíra e revelara outro hematoma.

Quando estava prestes a baixar a regata, Tank passou os dedos sobre a pele em minhas costelas. Mordi o lábio, mas não pela dor, e, sim, porque minha boceta latejava sob seu toque.

Aqueles dedos, a vodca e a visão de seus músculos e tatuagens estavam me excitando. Eu era uma garota com um apetite sexual saudável. Gostava de ter a boceta tocada e preenchida. E agora, estava tendo pensamentos realmente confusos sobre Tank.

— Por que você ficou?

Dei de ombros.

— Eu não queria que ela ficasse sozinha depois que o meu pai se foi. A morte dele a destruiu. A vida dela na infância foi uma merda, e não foi muito melhor quando adulta. Eu queria tornar a vida melhor para minha mãe. Ela queria tanto que eu fosse a Miss América. Então, concordei com tudo para fazê-la feliz. Dediquei minha vida a isso, esperando que ela apenas me amasse, me tratasse melhor. — Mas aquela empatia que sentia por ela não existia mais. — Agora cansei de me importar; aquela vaca pode apodrecer no inferno. Existe um número limitado de chances que alguém pode ter antes de não merecer mais nada. — Os dedos de Tank começaram a se mover sobre a minha barriga... descendo ainda mais. Minha respiração ficou ofegante. — Você vai a algum lugar com esses dedos, meu bem?

Ele deu um sorriso com o canto da boca.

— Você é linda pra caralho, Beauty Queen.

Segurei sua mão e me sentei. Tank observou cada movimento meu; ele esteve preso por três anos e saiu há dois dias. Deveria estar maluco por uma transa.

Beijei cada um de seus dedos, e então, quando sua boca estava a apenas um centímetro da minha, coloquei sua mão na virilha da minha calça e disse:

— Eu gosto de ter minha barriga acariciada tanto quanto qualquer outra garota, meu bem, mas prefiro sentir esses dedos na minha boceta.

Tank ficou paralisado, boquiaberto com as minhas palavras. Então ele fez exatamente o que eu disse: deslizou os dedos sobre a calça, me tocando através do couro, a sensação de seus dedos entre as minhas pernas provocando arrepios por todo meu corpo. Coloquei a mão em sua nuca e o puxei para mim, colando nossas bocas. Senti o ligeiro gosto de sangue na língua, mas desapareceu em seguida, dando lugar ao tabaco e bebida. Tank não me deixou no controle por muito tempo. Ele me deitou de costas e me envolveu com seus enormes músculos. Enlacei sua cintura com as pernas, rodeando o pescoço forte com os braços. A língua de Tank duelou contra a minha, nossas respirações pesadas.

O álcool percorreu minhas veias. Afastando-me de sua boca, me movi para montá-lo. Ele sorriu quando me sentei em sua cintura e olhei para baixo.

— Quantos anos você tem, meu bem?

Tank sorriu.

— Você acha que sou menor de idade?

Deslizei sobre seu torso nu. Tank gemeu e cerrou os dentes com a visão.

— Vinte e três.

Eu sorri.

— Então, espero que você goste de mulheres mais velhas.

Tank agarrou minha cintura e me virou de costas novamente.

— Adoro pra caralho. — E me beijou. Os lábios de Tank eram macios contra os meus; fiquei surpresa com o quão macios eram. Ele era tão grande e rude, com aquela voz profunda e rouca. Ele tinha gosto de menta e álcool.

TILLIE COLE

Fiquei instantaneamente viciada.

Tank se afastou da minha boca, me deixando desesperada para tê-lo de volta. Ele sorriu, vendo claramente a minha necessidade pela sua boca. Mas não me beijou de novo; em vez disso, puxou a regata sobre a minha cabeça para revelar o sutiã preto que mal cobria os meus seios.

— Porra... — ele gemeu e segurou um dos seios com a mão, então a moveu entre eles para abrir o fecho frontal.

Caramba, ele sabia o que estava fazendo.

Meus seios saltaram livres e ele imediatamente tomou meu mamilo direito em sua boca. Eu o agarrei com mais força enquanto sua língua molhada me fazia gemer. Seu pau esfregou contra meu clitóris.

Ele estava me deixando louca.

— Tire minha calça — eu disse. As mãos de Tank se moveram para a minha cintura e abriram os botões. Levantei o corpo para que pudesse puxá-la para baixo, já tirando a minha calcinha preta. Ele deve ter concordado que não havia tempo para admirar a porra da calcinha, embora fosse sexy pra caramba.

Chutei a calça para terminar de tirá-la e senti os dedos de Tank deslizarem ao longo dos lábios da minha boceta. Estremecimentos percorreram meu corpo. Mas eu precisava dele nu também. Desabotoei sua calça jeans e a empurrei para baixo. Lambi os lábios quando seu pau longo e grosso bateu contra sua barriga.

— Caramba, meu bem. Você é bem servido!

Tank claramente não estava com humor para conversar sobre a circunferência de seu pau. Ele desceu pela cama e abriu minhas pernas com as mãos calejadas. Seus olhos se fixaram em minha boceta enquanto seus dedos circulavam o clitóris. Coloquei a mão na parte de trás de sua cabeça, apenas no caso de ele tentar ir para outro lugar.

— Tão linda — ele murmurou, e então arrastou a língua quente da minha fenda ao clitóris. Minhas costas arquearam, mas ele não parou. Tank continuou lambendo meu feixe sensível, enfiando a língua dentro de mim, quase me enlouquecendo.

— Tank... porra! — gritei quando minhas pernas começaram a tremer.

— O seu gosto é perfeito pra cacete, Beauty Queen. — Deslizou dois dedos dentro de mim. Arqueei o corpo e me debati no colchão. Minhas unhas cravaram no couro cabeludo raspado de Tank, mas ele nem se mexeu.

— Vou gozar, meu bem — gemi enquanto sua língua trabalhava em meu clitóris e seus dedos atingiam meu ponto G.

Minhas pernas tremeram mais ainda e meus olhos fecharam quando me deixei levar, meu orgasmo tomando conta de todo o meu corpo. Tank não parou, apenas continuou lambendo até que empurrei sua cabeça, rindo e gritando que não aguentava mais.

— Chega! — gritei.

Tank se afastou para tomar outro gole da garrafa de vodca que havia sido descartada na cama ao nosso lado. Ele pegou outra e subiu em cima de mim, segurando a bebida na boca. Ele aproximou sua boca da minha, e no minuto em que abri os lábios, a vodca encheu minha boca e escorreu pela garganta. Eu mal tive tempo de engolir antes que sua língua me invadisse, duelando contra a minha. Eu gemi; estava ficando ainda mais molhada a cada segundo.

Empurrei o peito de Tank e o guiei para se deitar de costas. Peguei a garrafa e dei três goles compridos. Derramei uma dose na boca de Tank, retribuindo o favor, em seguida, derramei um pouco de bebida em sua barriga tanquinho; a vodca se acumulou em seu abdômen. Gemendo com a visão, abaixei a cabeça e lambi o líquido com a língua, antes de subir até seu peito largo. Meus lábios se curvaram em um sorriso quando o vi olhando para mim, com os braços cruzados atrás da cabeça.

No entanto, sua respiração acelerada me disse que ele não estava tão calmo quanto parecia.

— É uma sensação boa pra caralho, Beauty Queen. — Suas pupilas estavam extremamente dilatadas.

Abaixei a cabeça e mordi e lambi sua pele até chegar no seu pau. Parei quando cheguei na ponta, a cabeça já molhada de vodca. O peito de Tank subia e descia em antecipação. Sem romper o contato visual, passei a língua sobre seu pênis, lambendo um círculo lento em torno da cabeça.

— Porra! — Tank gemeu, e agarrou o meu cabelo. Aquilo fez com que me sentisse incrível. A vodca, a liberdade, e o fato de que eu tinha esta fera debaixo de mim, fizeram com que eu me sentisse leve.

Com lambidas curtas e suaves, provoquei até que os músculos da coxa de Tank tensionaram.

— Beauty[5]... — ele murmurou, incapaz de completar o apelido de

---

5   Beauty – Beleza, belo(a), bonito(a).

TILLIE COLE

sempre. Gostei mais dessa versão. Sua mão agarrou meu cabelo com tanta força que gemi. — Beauty… — Tank disse, novamente. — Beauty…

Suas palavras foram interrompidas enquanto eu engolia seu pau, levando-o direto para o fundo da garganta.

— Porraaa… — ele gemeu, empurrando seus quadris, me fazendo tomar mais dele.

Eu o tomei; chupando, girando a língua em torno da ponta e ao longo das veias e cristas. E não hesitei. Eu o chupei mais rápido a cada segundo que passava. Eu não conseguia ter o suficiente de seu gosto na língua e engoli cada gota do seu líquido em minha boca.

— Porra. — Tank empurrou minha cabeça, tentando me afastar de seu pau. — Eu vou gozar se você não parar. — Continuei chupando, viciada em seu gosto. — Não… — ele disse, então me pegou como se eu não pesasse nada e esmagou sua boca na minha. — Eu quero foder você, Beauty Queen. Quero estar dentro dessa boceta quente quando gozar.

Envolvi as pernas em volta de sua cintura e rebolei os quadris, esfregando a boceta contra seu pau duro.

— Então me fode logo e pare de falar sobre isso.

Tank rosnou, então estendeu a mão para seu jeans descartado, pegando uma camisinha. Eu o agarrei com mais força, os braços em volta de seu pescoço, enquanto ele rasgava a embalagem. Deitei no colchão, as pernas abertas e esperando enquanto ele desenrolava o látex pelo seu pau enorme. Ele engatinhou por cima de mim e, em seguida, me virou de bruços.

Gritei, surpresa, sorrindo quando desabei no colchão. Os braços de Tank vieram sob meus ombros e sua boca recostou ao meu ouvido.

— Prepare-se, Beauty Queen.

Abri as pernas e virei a cabeça, falando contra seus lábios:

— Prepare-se *você*, garotão. Você nunca teve uma boceta tão apertada quanto a minha.

Tank sorriu do meu atrevimento, e então me penetrou com uma estocada longa. Eu gemi, minha testa pressionada no colchão.

— Meu Deus!

O peso de Tank pressionou contra mim, a barriga trincada grudada às minhas costas. E ele fez o que prometeu. Ele não hesitou; me fodeu gostoso contra aquela cama. Não foi lento e constante; foi primitivo, cru e selvagem pra caramba… exatamente o que eu precisava.

A bebida no meu estômago fez minha cabeça girar. Agarrei os travesseiros enquanto gemido após gemido escapava dos meus lábios, juntando-se aos de Tank. Rebolei os quadris, dando tanto quanto recebia. Tank aumentou seu agarre em mim, então, de repente, se afastou e me virou, apenas para colocar minhas pernas sobre seus ombros e estocar com mais vontade ainda.

— Ah, Deus! Sim! — gemi, a cabeça inclinando para trás quando as pernas começaram a tremer. As mãos de Tank espalmaram e apertaram meus seios.

— Esses peitos... — rosnou, arremetendo mais rápido enquanto eu apertava seu pau.

— Vou gozar... — sussurrei, as mãos agarradas à cabeceira da cama enquanto ele me tomava implacavelmente, cada vez mais forte até que eu não soubesse mais a porra do meu próprio nome.

Tank impulsionou o corpo mais uma vez, então parei e deixei meu orgasmo me levar. Soltei as mãos e cravei as unhas com tanta força que cortei sua pele tatuada. Abri os olhos para ver os de Tank fechando e seus dentes cerrados.

Ele entrou em mim uma última vez e gozou, um longo gemido escapando de seus lábios.

Eu não conseguia desviar o olhar enquanto Tank se balançava sobre mim, desacelerando a cada impulso. Não consegui tirar meus olhos dos dele quando se abriram e vi aquele azul brilhante. Ele prendeu a respiração enquanto me encarava, um sorriso surgindo em seus lábios.

— Você tem uma boceta maravilhosa, Beauty Queen. — Seu sorriso ficou ainda maior. — Com certeza, valeu a pena os três anos de espera.

Eu ri, arrepios se espalhando pela minha pele com a sensação dele ainda dentro de mim.

— E você tem um pau maravilhoso, meu bem.

Tank se inclinou e me beijou, rindo contra meus lábios. Ele saiu de dentro de mim e se deitou ao meu lado. Virei para encará-lo, traçando uma tatuagem de caveira em seu braço. Sua pele estava molhada de suor e bebida.

— Sobrou vodca? — perguntei.

Ele pegou a garrafa do chão; havia o suficiente para cada um de nós darmos um gole. Bebemos o que sobrou e Tank jogou a garrafa de volta. Ele virou a cabeça no travesseiro para me encarar.

— Pensei que as rainhas da beleza tivessem sido feitas para serem todas contidas e educadas. Não cair na cama com membros condenados da Klan e falar sujo sobre paus e bocetas.

Apoiei-me ao meu cotovelo.

— Em primeiro lugar, *ex*-membros da Klan. E em segundo lugar, não sou mais uma rainha da beleza. Você tem que acabar com esse apelido agora mesmo.

Ele sorriu.

— Vou ficar com Beauty, então.

Revirei os olhos, mas meio que gostei daquilo. Era melhor do que Susan Lee. Apoiei os braços no peito musculoso de Tank.

— Eu posso ter sido uma rainha da beleza, mas não era um anjo. — Eu ri. — Digamos que desde muito jovem aprendi a sair furtivamente pela janela e me divertir. Essa porcaria de rainha da beleza era uma coisa que fazia para minha mãe. Não sou nenhuma Virgem Maria. Gosto de sexo e não tenho vergonha de dizer isso.

— Quando você era jovem…? — Tank disse. — E quando foi isso?

— Ah… — Assenti com a cabeça. — Você quer saber quantos anos eu tenho? — Tank deu de ombros. — Quarenta — respondi, e vi seus olhos se arregalarem. Parei por um segundo, até que comecei a rir e me deitei de costas. — Merda, meu bem, você deveria ter visto a sua cara!

Tank prendeu meus braços acima da cabeça e deitou sobre o meu corpo para que não pudesse me mover. Sua expressão era alegre, o que era uma boa mudança. Parecia haver um mundo de escuridão se escondendo por trás daqueles olhos azuis brilhantes.

— Quantos anos? — Esfregou seu pau semirígido ao longo dos lábios da minha boceta, me fazendo estremecer.

Ele era viciante.

Mordi o lábio inferior enquanto o calor inundava minha boceta novamente. Quando ele se afastou, estendi os braços e enlacei sua cintura, lutando para trazê-lo de volta para terminar o que havia acabado de começar. Tank arqueou a sobrancelha, seu corpo enorme não se moveu nem um centímetro, esperando que eu respondesse.

— Okay! — exclamei. — Vinte e cinco! Tenho vinte e cinco anos.

Tank saiu de cima de mim; embora sua mão tenha ficado na minha barriga. Possessivamente. Eu gostei.

— Só dois anos então. Dificilmente uma *cougar*[6].

Dei de ombros.

---

6   Cougar – expressão usada para se referir a mulheres mais velhas que ficam com homens mais novos.

— A sua cara foi divertida.

Tank agarrou meus braços, me puxou para sua boca e me soltou novamente sobre a cama. Eu sorri, gostando que ele quisesse me beijar.

— Então, o que você fará agora?

Tank suspirou e franziu as sobrancelhas. A escuridão que eu podia ver que vivia dentro dele estava de volta, fervendo sob seus olhos brilhantes.

— Não faço ideia. Vou continuar viajando por um tempo, para que meus ex-irmãos se esqueçam de mim.

Eu me perguntei quais histórias ele tinha de seus dias na Klan. Imaginei o que fez, o que passou por sua mente. Por que ele foi embora.

O que fez para acabar na prisão.

Deitado aqui agora, eu não conseguia imaginá-lo fazendo nada de ruim. Mas a maneira como lidou com aquele nojento e seus amigos no bar, me disse que ele era letal sob aquele sorriso doce.

— Sua mãe era ruim com você? — Sua pergunta me pegou desprevenida. Assenti com a cabeça, me perguntando onde ele queria chegar com isso. — Você tem vinte e cinco anos… — Suas palavras se reduziram a nada, mas entendi as entrelinhas. *Por que diabos você ficou?*

De repente, parecia que a vodca tinha desaparecido completamente do meu sistema.

— Porque eu a amava. — Dei uma risada desprovida de qualquer humor. — Porque a *amo* — suspirei. — Mas ela é uma sanguessuga. Tudo o que faz é tomar. Eu nem tenho certeza por que diabos ela queria um filho. Talvez para viver sua vida através de mim. A rainha da beleza fracassada.

Tank acariciou meu cabelo.

— Acho que a última partícula de bondade da minha mãe morreu junto com meu pai. Então não sobrou muita coisa pra mim. — Olhei para o nada do lado de fora. — Mas ela era tudo que eu tinha, então fiquei. — Balancei a cabeça. — Só que ontem, naquele palco… Não sei o que aconteceu. Acho que não aguentei mais. Vi o rosto dela, senti os hematomas que passei horas escondendo, e tudo o que eu sabia era que estava cansada. Ela vai ficar sozinha… mas não consigo me imaginar voltando para aquilo. Ela não merece.

Seguiu-se um ou dois minutos de silêncio.

— Você tem um grande coração, Beauty.

Engoli em seco, mas então olhei diretamente em seus olhos.

— E você tem um pau grande.

TILLIE COLE

Tank arregalou os olhos, mas lutou contra um sorriso.

— Duas coisas boas.

— Amém! — Ele riu. — Entãããão… — Inclinei a cabeça para o lado. — Você quer companhia enquanto viaja apenas por "viajar"? — Meu coração, de repente, bateu rápido no meu peito, e percebi que estava nervosa pela sua resposta. E eu sabia o porquê. No fundo, eu realmente não queria ficar sozinha, por mais que dissesse que sim.

Eu pensei – mais como *esperei* – que talvez ele também não.

— Não sou um homem bom — ele respondeu, com o rosto sério e uma expressão que me dizia que era verdade. A luz havia desaparecido de seus olhos azuis e seus lábios franziram.

Eu o observei, de verdade. A cicatriz, as tatuagens, a merda do poder branco que eu sabia que deveria me incomodar… mas ele disse que tinha largado aquilo. O que me disse que havia mais em Tank do que ele pensava. E pensei naquela noite, no bar, em como ele veio em meu socorro.

— Eu acabei de foder você um dia depois de te conhecer. Talvez eu não seja uma garota tão boa.

— Você é — ele respondeu na mesma hora. — Você é boa.

Senti a garganta apertar. Eu não sabia por que, mas entrelacei os dedos aos dele. Levei sua mão aos meus lábios e beijei a pele marcada. Sem soltar sua mão, me ajeitei sentada em seu colo. A mão livre de Tank segurou minha bunda, me mantendo no lugar. Ele olhou bem nos meus olhos.

— Vou com você — eu disse. Inclinei-me e beijei seus lábios, que estavam começando a ficar roxos por causa da briga no bar. Dei de ombros. — Veja do meu ponto de vista: tenho a proteção de um deus selvagem e musculoso, e você ganha uma boceta grátis em troca. Qual o lado negativo?

A mão de Tank apertou a minha, e logo um sorriso apareceu em seus lábios macios.

— Nenhum — ele suspirou, balançando a cabeça. — Absolutamente nenhum.

Eu ri e esfreguei minha boceta nua ao longo de seu pau grosso.

— Então que tal uma foda de comemoração?

Tank me virou de costas, esfregou meu clitóris com o dedo e disse:

— Essa sua boca maravilhosa faz as melhores coisas.

E então, nós fodemos.

CAPÍTULO TRÊS

TANK

Quatro meses depois...

Levei a moto até parar do lado de fora da lanchonete e olhei para dentro do longo trailer prateado. Um largo sorriso me saudou da janela mais próxima. Inclinei a cabeça e senti aquele fogo correr pelo meu peito, o que sentia todos os malditos dias por quatro meses. Um minuto depois, a porta se abriu e uma maravilha em um uniforme rosa e justo de garçonete saiu da lanchonete e desceu os degraus que a levaram até mim.

Seus braços enlaçaram meu pescoço e os lábios vermelhos colaram nos meus.

— Meu bem — Beauty sussurrou contra minha boca.

Dei um tapa em sua bunda.

— Sobe. Hoje vamos passear.

Beauty montou na garupa da moto e passou os braços em volta da minha cintura; sua língua traçou o lóbulo da minha orelha. Minhas mãos apertaram o guidão enquanto meu pau empurrava contra o jeans. A cadela me deixava duro toda vez que me tocava.

E ela sabia disso. Essa mulher sabia como me provocar.

Inclinei o braço para trás e movi a mão direto para sua boceta. Beauty gemeu em meu ouvido. Afastei a mão e me certifiquei de que seus olhos azuis estivessem fixos nos meus enquanto eu lambia cada dedo. Ela gemeu e mordeu o lábio. Agarrando meu rosto, me beijou com avidez.

— Eu não me canso de você.

Sorri e me ajeitei na moto. Chutando o estribo, saí para a estrada, sentindo os seios de Beauty pressionando contra as costas.

Ela disse que não se cansava de mim, mas, puta merda, eu não conseguia largar a mulher. Desde a noite da briga no bar, ela nunca mais saiu do meu lado. Ficávamos em cidades do interior por algumas semanas de cada vez, trabalhando onde podíamos, nos mudando constantemente, pilotando e transando como loucos. Ela e suas longas unhas vermelhas tinham aberto um caminho para dentro da minha fodida alma.

Minha mulher não iria para lugar nenhum.

Beauty me agarrou com mais força enquanto eu ganhava velocidade, passando pela oficina de motos onde consegui trabalho. Era um buraco de merda, e as motos que passavam por lá não eram boas nem nada, mas estaríamos fora daqui em breve, para qualquer cidade em que passássemos.

Pilotamos por uma hora, terminando em uma parada de descanso no meio do nada.

— Preciso ir no banheiro, meu bem! — Beauty gritou em meu ouvido. Revirei os olhos enquanto ela descia da moto no minuto em que parei e desliguei o motor, os saltos altos estalando na calçada, em direção ao prédio decadente.

Acendi um cigarro e dei uma tragada, então vi um cara do outro lado da parada. Ele era enorme e estava usando um *cut* de couro, com longo cabelo escuro e um cigarro na mão. Estava encostado em uma Fat Boy, e aquela máquina linda quase me deixou de pau duro.

Fumaça saía do motor.

— Filho da puta! — o cara gritou e jogou o celular que se espatifou no chão.

Dei uma olhada de relance para o banheiro; não havia sinal de Beauty. Caminhei em direção ao cara e sua moto. Por aqui não havia sinal de celular, o que significava que ele estava preso.

E eu teria dado minha bola esquerda para trabalhar em uma moto assim.

Estava a apenas alguns metros de distância quando ele puxou uma arma, os olhos castanhos enlouquecidos me encarando.

— Mais um passo, maldito nazista, e vou explodir a porra da sua cabeça.

Quando levantei as mãos, vi seu *cut*. Merda. Hades Hangmen. E não qualquer membro, mas a porra do *prez* da filial de Austin. Na verdade, a sede.

O maluco estalou o pescoço de um lado ao outro, a arma ainda em punho. Seus olhos nunca se desviaram dos meus enquanto ele continuava fumando como se não estivesse a ponto de me matar. Em seguida, jogou a bituca no chão.

— Quem mandou você? — perguntou, sua voz soava como a morte.

Reaper, estava escrito no seu *cut*. *Reaper Nash*.

Eu me mantive calmo.

— Ninguém. Não estou mais com a Klan.

Reaper arqueou a sobrancelha.

— Suas tatuagens dizem o contrário. — Seus olhos se estreitaram. — Pensou que poderia me pegar sozinho? Que poderia me matar sem meus irmãos? — Ele sorriu, mas era um sorriso frio pra caralho. Ele se aproximou cada vez mais até que o cano da arma pressionou contra o meio da minha testa. — Tenho novidades para você, putinha da Klan. Você não vai me matar. Eu acabo com pedaços de merda como você só para me divertir nas manhãs de domingo.

— Não estou mentindo. — Engoli em seco. — Eu era da Klan... — Fiz uma pausa, mas depois pensei que poderia ser melhor contar a ele. — De Austin. Mas saí há quatro meses. Não vou voltar.

Seus olhos castanhos brilharam.

— Um dos de Landry?

Assenti com a cabeça.

— Por que você saiu?

— Odeio o filho da puta.

Reaper me avaliou, sem mover a arma.

— Você tem informações sobre eles? — Inclinou a cabeça para o lado. — Você sabe que Landry vai sair da prisão em breve.

Senti meu corpo gelar. Eu não queria dizer nada sobre minha antiga irmandade.

Tanner... Eu não trairia meu melhor amigo dessa maneira.

— Vi que você teve problemas com a moto. Sou mecânico, especialista em Harleys. — Gesticulei com o queixo para sua moto. Reaper olhou para mim e, puta que pariu, se não vi a promessa de morte em seus olhos.

— Tank? — A voz de Beauty soou trêmula atrás de mim.

— Quem é a puta?

Eu me senti dominado pela raiva.

— Minha *old lady* — retruquei, entredentes. Eu sabia o suficiente sobre os Hangmen para ter noção de que precisava tomar posse imediatamente da minha mulher. Não olhei para trás, mas disse: — Está tudo bem, baby. Fique aí.

Eu não tinha ideia se Reaper acreditou em uma palavra que eu disse, mas ele afastou a arma e inclinou a cabeça na direção da moto.

— Conserte. Então veremos se deixo você viver ou não. — Deu um sorriso doentio e fodido. — Se você ferrar com ela, será apenas mais uma de minhas doações para o barqueiro.

— Beauty, pegue as ferramentas na minha moto.

Os saltos de Beauty ressoaram pelo chão. Quando ela me entregou as ferramentas, vi as lágrimas em seus olhos.

— Vai ficar tudo bem — murmurei, sem saber ao certo se era verdade. Indiquei com o queixo que ela se afastasse. Para ficar longe.

Olhei por cima do ombro para Reaper, que acendeu outro cigarro. Ele segurou sua arma ao lado do corpo, pronto para me enviar para o Hades. Eu me abaixei e, em minutos, encontrei o problema.

— Seu injetor de combustível está ferrado.

— Conserte — Reaper disse, depois de um segundo de silêncio.

Fechei os olhos e respirei fundo. Olhei para Beauty; de jeito nenhum eu a perderia. Poderia dar um jeito na moto, o suficiente para ele voltar para casa. Mas eu sabia algumas coisas sobre Reaper. Um maldito assassino de sangue frio. Matava por diversão, e ele fez da sede dos Hangmen a gangue mais violenta e temida de todo o Texas. Porra, de todo o país. Landry nunca se aproximou dos Hangmen por um motivo.

Os rumores diziam que o maldito até matou sua própria *old lady* na frente de seu filho mudo.

Minha vida poderia depender de quão irritado o filho da puta estivesse neste segundo.

Começei a trabalhar e, uma hora depois, a moto estava pronta. Eu me levantei e recuei. Reaper caminhou – calmo pra caralho – até a moto e se abaixou, avaliando meu trabalho. Eu era bom, bom pra cacete. E sabia que seria o melhor trabalho que ele já tinha visto.

Reaper se levantou e soprou a fumaça de seu cigarro na minha cara. Então ligou o motor, e a Fat Boy ronronou.

Arqueei a sobrancelha.

— Amanhã, meio-dia. Complexo dos Hangmen. Esteja lá. — Reaper olhou para Beauty. — Deixe a Peituda em casa.

— Não estou planejando voltar para Austin.

Reaper sorriu. Foi um sorriso zombeteiro.

— Eu não estava perguntando, nazista. Estava mais para *dizendo*, e estou dizendo para você ir no complexo amanhã. — Ele pôs outro cigarro na boca e tomou um gole do uísque que estava em seu alforje. — Ninguém toca nos Hangmen ou em qualquer pessoa em nosso complexo, caso você esteja se cagando de medo de que a sua antiga irmandade o veja. — Seu sorriso se tornou mais amplo. Mais louco. — Embora eu sempre goste quando eles tentam.

Ele voou pela estrada de volta a Austin. Eu respirei rapidamente e me virei. Beauty se lançou em meus braços. Suas pernas envolveram minha cintura e seus braços se apertaram em volta do meu pescoço.

— Está tudo bem, baby — assegurei, mas senti suas lágrimas contra meu pescoço. Ela não me soltou. Em vez disso, ela se afastou, me dando um vislumbre de seus olhos azuis lacrimejantes, então esmagou seus lábios nos meus. Suas longas unhas vermelhas arranharam minha jaqueta, depois minha camisa. Caminhei para frente até que suas costas estivessem contra a parede.

Sua mão desceu sobre meu pau e eu gemi em sua boca. Ela estava desesperada, frenética que só a porra, enquanto se atrapalhava com meu zíper e puxava meu pau para fora. Eu não esperei. Empurrei sua calcinha para o lado e deslizei para dentro. Beauty inclinou a cabeça para trás enquanto eu arremetia contra o seu corpo. Seus gemidos ecoaram em torno do posto de conveniência deserto. Esmaguei meus lábios aos dela e gemi ainda mais quando sua língua se enfiou em minha boca.

Fodi Beauty com força, sua boceta agarrando meu pau. Apoiei a cabeça em seu ombro quando ela gozou, sua boceta apertada me drenando até a última gota. Estoquei nela mais três vezes antes que ela relaxasse em meus braços. O suor escorreu pelas minhas costas e olhei para Beauty. Suas mãos foram imediatamente para o meu rosto e meu coração se despedaçou quando vi as lágrimas em seu rosto.

Abri a boca para dizer que estava tudo bem, quando ela sussurrou:

— Eu amo você. — Minha respiração ficou presa no peito. — Você sabe disso? Eu me apaixonei por você, meu bem.

— Eu sei. — Segurei seu corpo trêmulo com mais força. — Eu também amo você, Beauty Queen.

Ela riu de seu antigo apelido, mas então as lágrimas começaram a cair novamente.

— Eu estava com tanto medo — ela sussurrou.

— É a minha vida, baby.

Beauty piscou. Saí de dentro dela e coloquei sua calcinha de volta no lugar. Antes que pudesse soltá-la, Beauty me colocou de volta para dentro da minha calça jeans, fechando o zíper.

— Eu não queria que você me deixasse.

Porra... esta mulher...

Agarrando-a com mais força, inalei seu perfume floral.

— Você não me conheceu quando eu estava na Klan. — Respirei fundo. — Eu já matei antes. Você sabe disso, não? — Eu não disse a ela por que estive na prisão. Não tinha realmente contado nada sobre meu passado.

Os olhos de Beauty se arregalaram, mas então seus ombros relaxaram.

— Sim... Eu sei.

Com ela no colo, caminhei até o final do terreno atrás da área de descanso para viajantes da estrada. Eu me recostei a uma árvore, mantendo-a no meu colo, e ela pousou a cabeça no meu peito.

— Sinto falta disso — comentei, e Beauty congelou.

Ela encarou bem no fundo dos meus olhos.

— Da Klan? — Sua voz demonstrava medo.

— De estar em uma irmandade. — Simpatia rapidamente substituiu o pânico em seu rosto. — Não fui feito para esta vida, indo de cidade em cidade, sozinho. — O rosto de Beauty empalideceu e ela se mexeu para se levantar, mas eu a impedi. — *Nós* não fomos feitos para isso. Você tem uma personalidade intensa demais para ficar presa neste tipo de vida. Sem amigos.

— Eu quero *você*.

— E você tem a mim. Sempre — segurei sua mão —, mas iremos para Austin.

Beauty desviou o olhar para a floresta atrás de nós.

— Eu sei sobre os Hangmen, Tank. Eles são loucos pra caralho. — Ela passou a mão na minha testa e beijou o centro. — Aquele idiota tinha uma arma apontada para sua cabeça.

Não pude reprimir o sorriso.

— Aquele idiota é o filho da puta mais cruel de quem já ouvi falar.

— E nós vamos até eles amanhã mesmo assim?

Nós. Porque ela nunca iria a lugar algum novamente sem mim.

— Quando o maldito Reaper Nash diz para você estar em algum lugar, você chega uma hora mais cedo com a porra de um sorriso no rosto. Não vou ferrar com os Hangmen; eles têm uma oficina de motos. Talvez seja isso. Talvez haja uma oferta de emprego.

Beauty ficou de pé, e então olhou para mim por alguns segundos.

— Então, temos uma longa jornada de volta a Austin. — Eu me levantei e beijei seus lábios. — Preciso pegar minhas coisas no hotel e colocar minhas roupas de couro.

Enquanto ela caminhava até a moto, eu a puxei de volta para mim, seus seios pressionados contra meu peito. Segurei seu queixo com minha mão livre.

— Mas a calcinha fica. Quero saber que meu esperma ainda está dentro de você quando estivermos voltando.

— Cuidado, meu bem — Beauty alertou enquanto se afastava de mim e rebolava em direção à moto. Então me encarou por cima do ombro. — Ou não vamos chegar a Austin amanhã.

Sorri e, em seguida, subi na minha moto, pegando o rumo do hotel para que pudéssemos buscar nossas coisas. Tínhamos um encontro marcado com Reaper e não queríamos nos atrasar.

Encarei para o prédio, uma pintura de Hades, o emblema dos Hangmen, olhando para mim. O portão se abriu e eu entrei. Alguns caras estavam pelo pátio; essa era a entrada da oficina de motos. Nenhum filho da puta conseguia passar pela entrada principal a menos que você fizesse parte dos Hades Hangmen. Descobri isso logo quando entrei para a Klan e um bando de novatos pensou que poderiam enfrentar este clube. Queriam cair nas boas graças de Landry, mas nenhum dos idiotas voltou vivo. Reaper enviou para o rancho as imagens das câmeras de segurança deles sendo espancados até a morte por ele e seu *VP*, só por diversão.

— Você é o nazista?

Virei a cabeça para o lado para ver um cara enorme de aparência samoana olhando para mim. Ele tinha tatuagens espalhadas por toda parte, até mesmo em seu rosto, e usava uma calça jeans e uma regata; ambas estavam manchadas de óleo.

— Ex — corrigi e encarei o filho da puta. Ele arqueou a sobrancelha como se não acreditasse em uma palavra.

— Reaper disse que você consertou a moto dele. — Não foi uma pergunta. O samoano se afastou e eu o segui. Passei por um cara de cabelo ruivo e comprido, que me deu uma saudação nazista e, em seguida, me soprou um beijo.

Idiota.

Chegamos à garagem, onde três Harleys estavam estacionadas. O samoano apontou para uma *Street Glide* no canto da garagem.

— Se você conseguir consertá-la até o final do dia, o emprego é seu.

A animação tomou conta de mim. O cara caminhou até a *Fat Boy* do outro lado da oficina. Era quase idêntica à que Reaper estava dirigindo ontem.

— Você tem um nome? — perguntei, olhando para o cara.

Ele olhou para trás.

— Não que seja branco.

Suspirei, peguei minhas ferramentas na moto e comecei a trabalhar.

O samoano verificou ao redor da moto e, quando se levantou, me deu um olhar mortal.

— Você tem problemas com alguém fora da raça branca suprema ou seja lá o que diabos vocês dizem ser?

— Já tive, mas não mais. Cumpri minha sentença e caí fora. — Instintivamente passei a mão sobre a minha cicatriz.

Os olhos do samoano se estreitaram ao ver meu movimento e ele se aproximou.

— Se você ferrar com Reaper, ou com qualquer um de nós, e será você quem será linchado. Não dou a mínima para o quão bom mecânico você é. Você está aqui para trabalhar. Se escutar qualquer coisa que não deveria, mantenha a porra da cabeça abaixada e não repita uma palavra. — Ele fez uma pausa. — Se descobrirmos que qualquer coisa sobre nós foi parar nos ouvidos daqueles idiotas dos seus amiguinhos da Klan do Landry, eu, pessoalmente, cortarei sua língua e mandarei para sua *old lady* para que ela saiba que você não vai mais lamber sua boceta.

— Entendido.

Ele voltou para a *Street Glide*.

— Nunca vi um trabalho tão bom como este… nem mesmo o meu.

— É tão difícil assim admitir? — Cruzei os braços sobre o peito.

O samoano arqueou a sobrancelha para mim.

— Com certeza.

Eu sorri.

— Bull.

Franzi o cenho, confuso.

— Eu sou Bull e administro esta oficina. Mas estou precisando desesperadamente de um mecânico que seja bom e que não seja um cagão perto dos meus irmãos e da merda que acontece por aqui.

Assenti com a cabeça, prestes a dizer algo quando uma voz veio da entrada da oficina.

— Ele conseguiu ou tenho que mandá-lo para o barqueiro? — Reaper entrou na oficina. Como ontem, o filho da puta tinha a promessa de uma morte lenta e dolorosa em seus olhos. Um garoto veio atrás dele. Ele parecia com Reaper, só que mais jovem.

O garoto me encarou com os mesmos olhos desconfiados de seu pai.

— Ele vai servir — Bull respondeu.

— O trabalho é seu — Reaper me disse, mas pude ver pela decepção em seu rosto que ele preferia ter uma desculpa para me matar. Reaper se voltou para Bull. — A moto dele está pronta? — Ele apontou com a cabeça para o garoto atrás de si. Parecia ter dezoito, dezenove anos, algo assim.

— Acabei de terminar.

Bull mostrou a moto a Reaper. O garoto me lançou uma olhada por cima do ombro, com uma expressão suspeita.

— Tatuagem bonita — comentei. Ele tinha uma tatuagem de Hades e sua *old lady* no braço, como a pintura que eu tinha visto no pátio. Dois

TILLIE COLE

olhos azuis brilhantes pra caralho se destacavam na mulher. — Faço tatuagens desde criança. Sou bom, mas esse trabalho é melhor — acrescentei.

O garoto assentiu com a cabeça e Reaper deu uma risada alta.

— Você não vai conseguir nada do meu filho retardado. Ele não fala. — O garoto cerrou a mandíbula. Reaper passou o braço em volta do ombro dele e colocou a mão na mandíbula de seu filho. — O Styx aqui "sinaliza", seja lá o que for essa merda. — Reaper começou a mover a mandíbula de Styx como se ele estivesse falando, como se ele fosse a porra de uma marionete e Reaper fosse o mestre. — Meu nome é Styx e eu sou um maldito retardado, igual à minha mãe. — Styx apenas ficou lá e deixou o filho da puta fazer isso. Reaper gargalhou e apontou para mim quando começou a ir embora, sendo seguido pelo filho. — O Bull vai dizer a você o que deve fazer. Faça tudo de acordo e não terei que matá-lo. — E inclinou a cabeça. — E, pelo amor de Deus, cubra a porra dessas tatuagens nazistas. Isso me faz querer arrancar a sua pele quando vejo, e realmente não quero perder um bom mecânico. Tente cobrir com as de Hades.

Reaper saiu e Bull começou a trabalhar. Ele levantou o olhar da mesa em que havia se sentado e focou em mim.

— Esteja aqui amanhã de manhã, às oito.

Vinte minutos depois, entrei no quarto de hotel que havíamos alugado na noite anterior. A porta nem tinha fechado antes de Beauty estar em meus malditos braços, suas pernas em volta da minha cintura, como de costume; seus lábios grudaram aos meus. Quando ela se afastou, verificou cada centímetro do meu rosto.

— Você está bem? — perguntou, com os olhos arregalados. — Eles não te machucaram?

Eu sorri, então a agarrei com mais força e me sentei na cama com ela no meu colo.

— Estou bem, baby.

Ela suspirou profundamente, e apoiei as mãos em sua bunda firme e grande.

— Merda, meu bem. Estive um caco o dia todo. — Ela riu, mas eu podia ouvir o tremor em sua voz. Porra, aquilo me destruiu.

Eu a beijei e ela retribuiu como se aquela fosse a última vez que eu a veria.

— Consegui um emprego — disparei e ela piscou para mim, em seguida assentiu com a cabeça. Com um suspiro, recostei à dela. — Não sou um cara bom, baby. Sei que você sabe disso, mas isso é quem eu sou.

Nunca vou deixar de ter uma bagagem ou andar no lado certo da lei. Klan, Hangmen... eu pertenço a esse mundo fodido. — Quando olhei para ela, disse: — Você e eu? Há meses que vivemos na porra de uma bolha. Mas ela teria que estourar em algum momento. Eu sempre seria arrastado para esse tipo de vida. — Meu estômago embrulhou, e senti uma dor no peito, como se estivessem me abrindo por dentro.

Decidi contar tudo a ela. Meu passado. O que fiz. Por que fui mandado para a prisão. Beauty ficou paralisada com cada palavra que eu disse.

Incapaz de decifrar sua expressão para saber o que ela pensava sobre o que havia feito, eu disse:

— Você já sabe tudo. Agora você tem que decidir se está dentro. — Eu a segurei com mais força, apenas no caso de ser a última vez. — Você é boa, Beauty. Você pode ir para qualquer lugar, arranjar um cara melhor. Você precisa decid...

— Você — ela disse, antes mesmo de eu concluir. — Eu escolho você. Você não é o homem que costumava ser. — Ela endireitou a postura. — Eu entendo que nunca vai andar do lado certo da lei, e que pode fazer coisas ruins novamente. Mas não vou fugir, Tank. Eu entendi, e posso viver esta vida.

Um sorriso surgiu em meus lábios ao ver a determinação em seus olhos. E então se desfez.

— Se a Klan descobrir que consegui um emprego com os Hangmen, isso pode dar merda. — Fiz uma pausa. — Merda federal. — Acenei rapidamente. — Minha cabeça pode estar a prêmio... Eu não sou idiota. Se a Klan pensar que me juntei aos Hangmen, isso poderia colocar um alvo enorme nas minhas costas. — Senti meu corpo gelar. — Poderia colocar um alvo nas *suas* costas também. — Fechei os olhos com força, tentando respirar. — Não é seguro estar comigo. Beauty... eu não acho...

— Não — ela me interrompeu e colocou as mãos nas minhas bochechas. — Porra, não tente tomar decisões por mim. Minha mãe tentou fazer isso comigo. Tenho certeza de que não vou deixar meu homem fazer isso também. — Ela rebolou os quadris, a boceta deslizando ao longo do meu pau. Seus lábios foram para o meu ouvido. — Estou dentro. E posso cuidar de mim mesma. — Ela passou seus lábios ao longo da minha bochecha até que pairassem sobre meus lábios. — Estou com você, meu bem. Até o fim. — Então grudou os lábios aos meus. — Agora cale a boca para que eu possa foder você. Toda essa preocupação me deixou com fome do seu pau.

Eu ri quando Beauty me empurrou para a cama e em alguns segundos o zíper da minha calça já estava aberto, meu pênis para fora e já no fundo de sua garganta.

A cadela não ia a lugar nenhum.

CAPÍTULO QUATRO

BEAUTY

Dois meses depois...

O complexo era enorme. Agarrei a cintura de Tank enquanto ele passava pelo portão. Paramos do lado de fora de um prédio com uma imagem enorme de Hades e Perséfone na parede. Eu conhecia a história.

Eu não deixaria Tank ver o quão nervosa eu estava ao ouvir a música ecoando pelas paredes. Quando virei a cabeça, um cara jovem com o cabelo comprido e loiro estava fodendo uma garota contra a parede. Transando com ela ao ar livre, onde qualquer um poderia ver.

Tank desceu da moto e segurou minha mão. Ele sorriu quando seguiu a direção do meu olhar, como se não fosse nada fora do comum.

— Terminou? — O cara que estava fodendo a mulher gemeu, claramente gozando, então se afastou da parede e fechou o zíper da calça.

— Tank — cumprimentou e ergueu o queixo. Seus olhos azuis focaram em mim. — Doçura.

— Ky — Tank retribuiu e, em seguida, apontou para mim. — Beauty. Minha *old lady*.

O loiro acendeu um cigarro e se aproximou de nós.

— Beauty. — Encarou meus seios; eu estava vestindo roupas de couro vermelho e minha regata preta favorita. — Belos peitos.

Inclinei a cabeça para o lado e gesticulei para a parede contra a qual ele estava transando com a mulher segundos atrás.

— Bela técnica.

Ky quase me cegou com um lindo sorriso, e então apontou para Tank.

— Ela é das boas. Reconhece um talento verdadeiro quando o vê. — Ele se virou para voltar para dentro do prédio, mas gritou: — Se você se cansar do nosso mecânico nazista bombado, ligue para mim. Você vai ficar infinitamente molhada, muito mais do que já ficou na sua vida.

— Bom saber — murmurei, e ele desapareceu por uma porta. Eu me virei para Tank e arqueei uma sobrancelha.

— Ky Willis. Filho do *VP*. Parece um cachorro no cio.

Encarei a porta pela qual ele tinha acabado de passar.

— Porra. Aquele garoto é mais bonito do que eu. Desgraçado.

Rindo, Tank apoiou o braço forte sobre meus ombros.

— Fique comigo esta noite. Não fui oficializado, isso significa que você é carne fresca e livre. Mas conheço todos os irmãos. Se eles a virem comigo, não vão tentar nada.

Assenti com a cabeça. Tank me contou algumas das regras do clube; isso aqui era um mundo diferente. Eu nunca tinha comparecido a um agito no clube, no sábado à noite. Mas, ao longo dos últimos meses, Tank tinha se aproximado dos homens aqui. Eu não era idiota, sabia que ele secretamente queria ser oficializado, que queria se tornar um recruta dos Hangmen. Eu não sabia muito sobre este clube ou o que Reaper estava procurando em um irmão, mas era de se imaginar que isso aconteceria com Tank em algum momento. Claro, isso se eles pudessem superar o fato de que ele era um ex-membro da Klan.

O que fazia de mim uma *old lady* de um Hangmen.

Eu sabia que precisava provar algo esta noite também.

Tank me abraçou com mais força quando entramos no clube. Meus pés vacilaram um pouco quando a porta do bar se abriu e eu observei a cena. O ar estava denso com a fumaça, a música explodindo dos alto-falantes. Os Hangmen estavam espalhados por todo o local, a maioria com as mãos e bocas ocupadas com mulheres seminuas – e algumas totalmente nuas – se contorcendo por toda parte.

— Tudo bem? — Tank perguntou em meu ouvido.

Assenti; mas, *merda*… Eu não tinha certeza se estava.

FUGA SOMBRIA

— Tank! — Uma voz soou por cima do barulho. Um cara gigantesco de cabelo escuro e comprido, e tatuagens tribais em todo o rosto e corpo, estava acenando para nós. Bull. Eu sabia, só de olhar para ele, que era com quem Tank trabalhava. Tank não disse muito, mas eu sabia que ele considerava Bull um amigo. Eu não tinha certeza se o gigante sentia o mesmo, nem se algum dia esses homens conseguiriam realmente superar o passado de Tank na Klan.

Tank nos conduziu através da multidão. De repente, dois homens estavam na nossa frente. Um deles eu já conhecia e desprezava.

— Reaper — Tank cumprimentou. Seu braço apertou meus ombros. — Big Poppa — ele disse para o outro cara.

— É uma puta? — perguntou o cara que Tank chamou de Big Poppa.

— Minha *old lady* — Tank respondeu.

— Porra, talvez eu devesse ser um membro da Klan se desse jeito eu conseguisse uma puta com peitos e bunda assim.

Minha cabeça virou para o lado quando outro homem gigante, desta vez com cabelo ruivo, surgiu ao nosso lado.

— Vike — Tank disse, cerrando os dentes.

Os olhos deste "Vike" permaneceram no meu peito.

— De verdade ou falsos? — Minha boca abriu em choque. — Não, não me diga. — Ele encarou meus seios por mais um minuto antes de estalar os dedos. — Falsos. Doutor Turnbull, certo? Eu reconheceria o trabalho dele em qualquer lugar.

Eu me afastei de Tank, que tentou me segurar, mas, em vez disso, caminhei alguns centímetros até Vike. Segurei meus seios com as duas mãos e disse:

— Tudo de verdade, meu bem. Tank é um cara sortudo pra caralho.

Os olhos de Vike se arregalaram e ele gemeu.

— Tank — ele murmurou, apontando para o rosto de Tank. — Eu realmente odeio você neste momento. — Esfregou o pau por cima da calça, e olhou ao redor do bar. — Agora tenho que conseguir alguma puta de clube onde enfiar a minha anaconda para que eu possa me imaginar gozando em cima da sua. — Ele balançou a cabeça. — Porra, vou precisar de algumas doses de tequila também. — Deu de ombros. — Mas quando a anaconda precisa de comida… — Com isso, ele se afastou, agarrando uma loira de seios grandes e colocando sua mão direto em seu pau. O rosto da garota se iluminou como se fosse Natal e o grande gigante ruivo fosse o Papai Noel.

Ridículo.

Reaper e Big Poppa se afastaram. Tank me levou até Bull e os outros, mas não antes de beijar minha bochecha. Eu sorri, sabendo que tinha me comportado bem.

Quando chegamos à mesa, Tank inclinou a cabeça em minha direção.

— Beauty — ele me apresentou a todos. — Bull, e sua *old lady*, Letti. Styx e Lois. Bone e sua *old lady*, Marie.

Todos balançaram a cabeça em saudação. Letti tinha a pele escura como Bull, era tatuada e me encarava com o olhar sério. Styx, que eu sabia ser filho de Reaper, mal olhou para mim. A morena em seu colo se levantou e estendeu a mão.

— Olá. — Apertei a sua.

Bone e Marie eram mais velhos. Tipo, muito velhos. Marie parecia abatida e desgastada, mas seu sorriso iluminou a sala. Enquanto ela empurrava seu corpo envelhecido de sua cadeira, vi um pequeno tanque de oxigênio ao lado dela. Eu sorri. Ela estava usando um colete com o nome do Bone e calça de couro.

— Você é muito linda, querida.

— Obrigada — agradeci e apontei para sua calça. — Bom gosto.

Ela piscou e se sentou novamente. Bull apontou para duas cadeiras ao lado dele e de Letti, e Tank e eu nos sentamos. Os dois começaram a conversar imediatamente. Letti pegou a garrafa de uísque e serviu duas doses para nós. Ela parou e me disse:

— Você consegue lidar com uísque ou você é daquelas que bebem bebidas leves?

Seu maldito sarcasmo me irritou.

— Apenas sirva o maldito uísque, docinho. O que quer que seja, tenho certeza de que posso lidar. Provavelmente até beba a sua bunda gorda debaixo da mesa.

— É mesmo? — Letti disse, e vi um sorriso afetado em seu rosto. Virei a dose que ela serviu e então bati o copo na mesa e levantei meu queixo, dizendo a ela que eu queria outra.

Depois de cinco, perguntei:

— Já me provei o bastante? — Ela era musculosa para uma mulher, nitidamente levantava pesos. E usava uma calça jeans e um colete com o nome de Bull. Seus olhos se entrecerraram quando me inclinei para frente. — Só porque tenho seios grandes, uma bunda espetacular e o rosto de um anjo não significa que não possa andar com vocês, docinho. Lembre-se disso.

FUGA SOMBRIA

Bull e Tank haviam parado de falar, e Bull estava olhando para sua *old lady* como se esperasse que ela me julgasse. Letti finalmente deu de ombros e me serviu outra dose, que bebi em seguida.

— A maioria das mulheres aqui são putas de clube — ela disse. — Ansiando pelo pau de um Hangman para preencher suas bocetas rançosas. Contanto que você não se transforme em uma delas, estamos bem.

Empurrei o copo vazio para ela.

— É melhor parar de me encher de uísque, então, docinho. — Minha cabeça girou. — Só para confirmar… há apenas uma de você, certo? — Letti abriu a boca e eu ri. — Só estou brincando. Mas sério, me afaste dessa bebida do diabo e me traga algo mais leve!

— Eu sabia — Letti disse, mas começou a rir. Meu estômago contraiu com o sorriso dela, e o peso que estive carregando no peito desde que entramos aqui diminuiu um pouco.

Eu queria isso para Tank.

Eu queria isso para nós.

Lois se levantou ao nosso lado quando Styx saiu de sua cadeira e a empurrou para fora de seu colo. Ele estava prestes a se afastar quando ela o puxou de volta para um beijo. Styx a empurrou novamente após um segundo, então sinalizou algo para ela. O rosto de Lois ficou levemente sério, e ela o observou atravessar o bar até Ky, que estava perdido em outra mulher que o encarava com um olhar fascinado.

Lois sorriu novamente e se sentou. Ela tomou uma dose de bebida e olhou na minha direção.

— Então, Beauty. Você é do Texas?

Assenti com a cabeça, concordando.

— Perto de Waco.

Ela inclinou a cabeça na direção de Tank.

— Vocês estão juntos há muito tempo?

— Cerca de seis meses agora. — Olhei para Tank, que estava conversando com Bull e Bone.

Marie arrastou sua cadeira para mais perto de nós.

— Tem rolado uma conversa por aí.

— Que tipo de conversa?

Marie se aproximou ainda mais. Sua voz era baixa e rouca, muito provavelmente por conta de anos e anos como fumante. Ela tinha um tubo de oxigênio enfiado no nariz. Quando acendeu outro cigarro, achei que nada iria impedi-la de viver sua vida.

TILLIE COLE

— Sobre o seu homem. Sobre torná-lo um recruta dos Hangmen.

Meu coração começou a bater forte. Era o que ele queria. E muito.

— Quem disse isso?

Marie me deu um sorriso presunçoso.

— Conversa de travesseiro. Com o passar dos anos, Bone ficou um pouco falador. — Ela riu. — Estamos muito velhos para dar a mínima para as ameaças de Reaper.

Eu ri também.

— Você quer isso? — Letti perguntou, os olhos fixos em mim. Achei que ela estava tentando decifrar a minha reação.

Concordei com a cabeça.

— Sim. Ele está perdido. Precisa de uma irmandade a quem pertencer... assim como eu.

— É uma vida difícil — Lois comentou, enquanto olhava para Styx do outro lado do bar.

— Você é a *old lady* dele? — Ela não estava usando um colete a identificando como "Propriedade de Styx".

Lois virou a cabeça para mim e tudo o que vi foi tristeza em seu rosto.

— Não... um dia, talvez. Quando ele, finalmente, acordar e me deixar entrar — ela suspirou. — Eu o conheço a vida toda. E o amo desde que consigo me lembrar. — Ela cruzou os braços; como se isso fosse protegê-la de algo, algum tipo de dor interior. — Mas ele sempre amou outra pessoa. Desde criança. — Ela riu, mas não havia humor em sua risada. — Não posso competir com a garota dos sonhos.

Eu não tinha ideia do que ela estava falando. Letti revirou os olhos como se estivesse cansada de ouvir isso, e Marie parecia simplesmente entediada pra caramba. Mas não pude deixar de sentir pena da mulher. Coloquei a mão sobre a dela e apertei por um segundo.

Ela apenas retribuiu.

— Então, o que você faz? — Letti serviu mais bebida. Eu teria que aprender a lidar com minha tolerância a álcool neste lugar.

Balancei a cabeça, estremecendo quando o uísque desceu. Eu realmente queria algo mais leve. Limpei a boca, tomando cuidado com meu batom vermelho.

— Agora estou trabalhando como garçonete. — Dei de ombros. — Eu era uma rainha de concursos de beleza até cerca de seis meses atrás. — Letti arqueou uma sobrancelha. — Não vamos falar sobre isso — caçoei.

Tank colocou a mão na minha perna e eu segurei a sua. — Sempre quis trabalhar com vendas — comentei em seguida. — Eu amo roupas. Quero dizer, que mulher não adora fazer compras?

— Eu — Letti disse.

— Okay, que mulher além da Letti não adora fazer compras?

Marie assentiu com a cabeça.

— Você é boa com números e essas coisas?

Dei de ombros.

— Acho que sim, eu era boa em matemática na escola. Gosto de pessoas. Adoro roupas. — Sorri. — Especialmente se forem feitas de couro.

— Eu tenho uma loja — Marie disse. — Vendo coisas para motociclistas, muitas coisas de couro. — Fiquei paralisada e a encarei. — Eu tenho uma vaga, se você quiser. — Ela apontou para o tanque de oxigênio ao lado dela. — Não estou tão em forma como costumava estar e preciso de uma boa vendedora.

— Você está falando sério?

— Seríssimo.

— Eu adoraria.

Marie acendeu outro cigarro.

— O nome é Ride. Não é longe daqui. Vendemos roupas para motoqueiros e também produtos dos Hangmen para os curiosos.

Meu estômago apertou quando percebi que ela estava falando sério. Que estava me oferecendo algo que sempre quis. Algo que queria fazer, não algo que estava sendo forçada ou tinha que fazer apenas para sobreviver.

— Obrigada... Eu... Eu não sei o que dizer.

Marie apontou para Tank.

— Espero que logo ele seja um de nós, o que significa que você também será. Temos que manter todos os nossos negócios na família.

Família. Por mais fodido que fosse este lugar, acho que eram uma família.

Não tinha percebido que Letti havia se levantado até que uma garrafa de vinho foi colocada na minha frente.

— Pode ser horrível. Encontrei no fundo do porão. Não faço a mínima ideia de quantos anos tem. Não conheço ninguém que beba essa porcaria.

— Obrigada, docinho — agradeci, verdadeiramente emocionada.

— Então, vamos lá, Beauty, conte como vocês dois se conheceram — Lois falou, e comecei a contar a história. Segurei a mão de Tank o tempo todo.

A cada frase dita, percebia o quanto era sortuda e o quanto o amava.

Eu nunca estive tão feliz por ter subido na garupa de sua moto.

Um mês depois...

Fechei a porta da caminhonete depois de sair e deslizei a mão sobre a tinta azul. Tank a comprou para mim para que eu pudesse ir e voltar do trabalho. Nunca tive minha própria caminhonete antes. Ela era meu bebê. Semicerrei os olhos por causa do sol brilhante, então olhei ao redor do complexo deserto. Tank ergueu a cabeça de uma moto quando me aproximei da oficina. Meu coração bateu mais forte quando ele se levantou, vestindo nada além de calça jeans e botas, óleo espalhado por todo seu abdômen e peito. Merda, ele era musculoso, enorme e todo meu.

— Baby? — Tank me chamou, com uma expressão confusa no rosto. Levantei a sacola do *Franklin's Barbeque* para que ele pudesse ver. Procurei por Bull atrás dele, mas não consegui vê-lo. — Porra, é isso aí — exclamou, pegando a sacola. Então enlaçou meu corpo. — Você ficou na fila do Franklin a manhã toda para me trazer isso?

Eu o abracei de volta.

— Claro que sim. — Olhei ao redor da garagem. — Onde estão todos? Comprei o suficiente para alimentar um pequeno exército.

Tank riu enquanto colocava o churrasco na mesa e envolveu minha cintura com o braço musculoso.

— Eles estão em uma corrida.

Suspirei quando vi o ciúme em seus olhos. Ele queria tanto ser um recruta, mas alguns dos Hangmen ainda não conseguiam superar seu passado na Klan. Marie me disse que certos membros não confiavam que ele não fosse vazar informações. Não confiavam que ele protegeria o clube contra seus antigos amigos da Klan. Até que eles tivessem o 'sim' de todos os membros, Tank nunca seria oficializado.

— Eles devem voltar em breve.

Tank abaixou a cabeça e colei meu corpo ao dele, deslizando as longas unhas vermelhas em seu peito.

— Então — deslizei a perna entre as dele, e minha coxa roçou seu pau, —, temos o lugar só para nós?

Tank sorriu e abaixou as alças da minha regata da Ride. As alças do sutiã também foram junto. Ele tinha acabado de expor um dos meus seios, quando um som alto e de algo quebrando veio da entrada principal da oficina... do portão. Tank me tirou do caminho e correu para a frente da garagem. Ele parou, os músculos retesados, então rosnou:

— Porra! — Ele se virou e me empurrou para o escritório. Havia uma porta nos fundos que levava à parte do complexo dos Hangmen. — Vai. Corre! — Tank disse, assim que ouvi a porta de uma caminhonete se abrindo.

Meu coração bateu forte no peito.

— Tank? O que está acontecendo? — Minha voz vacilou.

Seu olhar encontrou o meu.

— Beauty, corre, porra! — Ele foi se virar, mas então pressionou sua boca na minha e murmurou: — Eu amo você, mulher. Saiba disso. Eu amo você pra caralho. — Fechou a porta do escritório e girou a chave.

Tentei forçar a maçaneta, mas a maldita estava trancada. Com puro medo percorrendo minhas veias, corri para a janela, batendo no vidro, apenas para ver três *skinheads* tatuados caminhando em direção a Tank. Meu coração despedaçou, estilhaçou em mil pedaços, então caiu no chão quando vi os olhares em seus rostos...

... Vi as armas e facas em suas mãos.

— Trace — Tank disse. Eu fiquei em silêncio, imóvel enquanto ouvia através do vidro.

— Seu traidor de merda. Seu vira-casaca filho da puta. — Trace, o maior dos três homens, ergueu uma arma para o rosto de Tank.

Perdi o fôlego, fiquei paralisada enquanto tudo parecia estagnar ao meu redor. Tank saltou para frente, mas a arma disparou. Tank caiu no chão e eu dei um grito silencioso. O sangue se acumulou sob seu corpo, e os três idiotas da Klan começaram a chutá-lo, socá-lo... eles o estavam matando. Eu me virei, sem saber o que diabos fazer. Em pânico, dei um soco na porta e saí para o complexo. Eu precisava de uma arma. Eu precisava de algo para ajudar Tank.

Dei apenas um único passo quando ouvi o barulho ensurdecedor de motocicletas. Seguindo o som, um lampejo de alívio começou a surgir dentro de mim, e eu corri para a frente do complexo, o coração trovejando no peito. Cada batida rápida me deixava cada vez mais nauseada.

Os Hangmen estavam se aproximando.

— Socorro! — gritei, com a voz trêmula. — É o Tank! A Klan... eles o encontraram... eles estão matando ele! — Minha voz sumiu assim que Reaper, Big Poppa e Bull pularam de suas motos e um tiro ecoou ao nosso redor, pássaros fugindo das árvores ao redor.

Meu coração parou. Naquele segundo, tive certeza de que ouvi minha alma gritar de agonia.

— Não... — sussurrei.

Reaper tirou uma arma de seu colete e sorriu enquanto corria em direção à oficina. Eu também corri. Não me importava se não era para ir, aquele era o meu homem, o amor da minha vida, e eu não iria a qualquer outro lugar.

Meus pés tropeçaram com o que vi ao virar um corredor. Tank estava de pé, cada centímetro de sua pele nua coberto de sangue. Seu braço direito estava pendendo ao lado do corpo, o sangue escorrendo do ferimento à bala e das facadas que cobriam seu corpo. Dois dos homens estavam caídos no chão; um tinha uma faca enfiada no coração e o outro tinha uma bala na testa, os olhos abertos para a morte.

Trace ainda estava na frente dele. Sua arma não estava à vista, mas a faca estava em sua mão e ele estava se aproximando de Tank. Meu homem estava debilitado, as pernas tremendo e quase cedendo. Cobri minha boca com as mãos quando Trace se lançou direto no coração de Tank, mas antes que ele pudesse chegar até ele, Reaper disparou um tiro direto em sua coxa. O nazista caiu no chão. Tank levantou a cabeça, os olhos incendiados e selvagens, até que viu os Hangmen se aproximando, e eu parada logo atrás. Ele pareceu respirar fundo ao cair no chão. Corri até ele, passando por todos os irmãos no meu caminho. Agarrei sua mão, minha visão ficou turva com lágrimas.

Tank se virou para Reaper.

— Explosivos... na caminhonete... estavam indo para... explodir... o clube.

Meu rosto empalideceu. Reaper assentiu com a cabeça, e alguns dos outros caras arrastaram Trace para longe.

— Baby? — sussurrei quando os olhos de Tank começaram a fechar.

— Ele precisa de ajuda! — gritei, aos prantos, me aproximando mais dele e pressionando a mão no ferimento à bala.

— O médico está a caminho. — Bull se abaixou para pressionar as mãos em dois dos maiores ferimentos de faca.

Inclinei-me para frente e beijei os lábios de Tank, sem dar a mínima se minha boca se sujaria de sangue. Eu o beijei e disse que ele ficaria bem. Ele não iria a lugar nenhum sem mim.

Eu o amava. Ele tinha que sobreviver.

Eu não conseguia mais respirar sem ele.

CAPÍTULO CINCO

TANK

De jeito nenhum. Não podia ser ele.

Trace me olhou diretamente nos olhos, e vi o ódio, a porra da traição em seu olhar.

— Trace. — Fiquei imóvel.

Eu sabia que esse dia chegaria. Sabia que alguém ficaria puto por eu estar traba-lhando para os Hangmen. Eu sabia que Tanner não seria capaz de mantê-los longe de mim. Meu coração parou quando me perguntei se Tanner sabia sobre isso...

— Seu traidor de merda. Seu vira-casaca filho da puta! — Minhas mãos se fecharam em punhos ao lado do corpo enquanto Trace erguia sua arma e apontava dire-tamente para o meu rosto. As veias de seu pescoço saltaram enquanto ele tremia de raiva. Ele cuspiu nos meus pés. — Largou seus irmãos brancos por esses malditos impuros?

— Sim. — Vi o momento em que ele decidiu atirar. Vi seu rosnado de puro desgosto e apenas agi. Pulando para frente, bati em sua mão o suficiente para tirá-la do meu rosto, mas o idiota conseguiu atirar e senti a bala afundar direto no meu ombro. Eu caí para trás com a força do impacto, a dor absurda me açoitando.

Trace e dois outros idiotas, que eu não conhecia, soltaram seus punhos e chutes.

— Ninguém deixa a Klan vivo — Trace cuspiu enquanto dava coronhadas no meu rosto. Ele se abaixou e me olhou bem nos olhos. — Você vai morrer, filho da puta. Vai morrer por nos virar as costas e entrar para um clube que permite a entrada de impuros; negros, mestiços e chicanos.

Inspirei fundo, olhando para um dos idiotas ao meu lado. Sua faca estava pendendo meio frouxa em sua mão enquanto ele me chutava uma e outra vez.

Flexionei a mão e me preparei. Quando ele se ajoelhou novamente – a porra da boca de Trace cuspindo merda que eu nem estava ouvindo –, eu me inclinei, agarrei a faca do cara e apunhalei seu coração.

O filho da puta caiu sobre mim, jogando seu amigo e Trace para trás. Sua boca pousou perto da minha orelha. Ele tossiu e cuspiu, seu sangue juntou-se ao meu, em cima do meu peito. Então empurrei a faca mais fundo, torcendo para que o idiota pudesse sentir tudo enquanto a vida era drenada dele.

Respirando fundo, saí debaixo do idiota e me levantei. Seu amigo não me deu tempo para me recompor. Ele voou em minha direção, com a arma apontada. Mas estive lutando pela porra da minha vida desde criança, cujo pai queria me usar como um saco de pancadas. Eu tinha matado negros, mexicanos, um bando de católicos e judeus sob o comando de Landry. Ele me fez o seu soldado perfeito. Este idiota não era nada.

Batendo meu cotovelo em seu braço, tomei a arma de sua mão. Eu nem pisquei quando virei a pistola para ele e mandei uma bala direto em sua cabeça. O idiota caiu, me deixando cara a cara com Trace. Ele estava tremendo de raiva.

— Eu recrutei você, porra. Landry te escolheu em vez dos soldados que estavam com ele há mais tempo, e você se virou contra nós, para quê?

— Porque é besteira — sibilei, sangue e cuspe espirrando da minha boca para o chão. — É tudo besteira. — Balancei a cabeça. — Eles simplesmente pegam jovens fracassados como nós e enchem nossas cabeças com um monte de merda.

— Traidor — Trace rosnou enquanto se lançava para frente. Ele tentou me agarrar, mas suas mãos escorregaram da minha pele encharcada de sangue.

Sua arma caiu no chão, mas quando ele veio para cima de mim novamente, minha força diminuiu e a arma escorregou das minhas mãos. Trace tirou uma faca do cós da calça jeans e se lançou na minha direção. Recuei, mas não o suficiente para me afastar completamente da lâmina. O aço afundou na lateral do meu corpo, e ouvi um silvo de satisfação escapar dos lábios de Trace. A dor não foi tão intensa dessa vez; meu corpo estava ficando dormente.

— Você não vai viver — Trace disse. Pressionei a mão sobre meu ferimento a bala para estancar o sangramento. Minha cabeça estava ficando leve e as pernas cedendo. Trace sorriu. — E então vou explodir essa porra de lugar. — Bateu com a mão livre no peito, bem sobre uma das tatuagens. — Ninguém fode com a Klan. Landry verá quem são os verdadeiros soldados em seu exército. Os irmãos mais puros. Então ele vai me deixar entrar.

Meus olhos foram para sua caminhonete. Os explosivos deveriam estar lá. Nós já tínhamos feito isso várias vezes antes. Incendiando os negócios dos impuros até o chão, de preferência com eles trancados dentro.

Eu tinha que detê-lo. O rosto de Beauty surgiu em minha mente. Seu sorriso, seus olhos, a boca inteligente e maliciosa. E eu sabia que tinha que impedi-lo de fazer aquilo. Os Hangmen gostavam dela, era nítido isso. As old ladies *a amavam. Eles a acolheriam, cuidariam dela. Marie e Bone já pensavam nela como a filha que nunca tiveram.*

Eu tinha que salvar minha mulher.

Trace afundou ainda mais o cabo da faca em meu torso. Mesmo fraco, dei um soco em seu rosto e ele cambaleou para trás. Quando o filho da puta estava prestes a atacar de novo, dando um passo à frente, um tiro foi disparado, e ele caiu no chão. Respirei fundo, e então minhas pernas cederam...

— Baby?

Tentei piscar; minha garganta estava seca como a porra de um deserto.

— Meu bem? Tank, baby? — A voz de Beauty ecoou em meus ouvidos e senti suas mãos em meu rosto. Fechei os olhos com força antes de abrir as pálpebras, uma de cada vez. Uma luz ofuscante quase me cegou. Tentei me mover, mas lâminas incandescentes dispararam em minhas veias.

— Porra! — rosnei, a voz não soando mais do que um sussurro.

Beauty estava ali novamente.

— Shhh, baby. Cuidado.

Levei um minuto para abrir os olhos. Um quarto com paredes de madeira surgiu à vista. Olhei para o meu braço; havia uma intravenosa acoplada ao soro pendurado ao lado. Eu tinha curativos por toda parte e um cobertor marrom sobre minha metade inferior. Beauty se sentou na cama ao meu lado. Ergui o olhar e vi lágrimas escorrendo de seus olhos e pelo seu rosto. Seu cabelo, normalmente penteado e solto, estava preso e achatado na cabeça. Não havia um pingo de maquiagem em seu rosto. Ela estava com um dos meus moletons – que quase cobria seu corpo todo. Parecia uma criança perdida.

— Baby... — murmurei e ela desabou contra mim, envolvendo os braços ao meu redor. Eu podia sentir suas lágrimas escorrendo pelo meu pescoço. Porra, meu peito pareceu se abrir com a minha mulher se desfazendo em pedaços. Levantei o braço, ignorando a dor em meu ombro direito, e segurei sua cabeça. Eu a abracei com força enquanto ela chorava.

Então percebi que o sonho não tinha sido um maldito sonho... Trace... Trace veio atrás de mim e dos Hangmen. Eu tive que matar dois de seus homens.

Beauty ergueu a cabeça; segurando meu rosto, ela disse:

— Achei que você tivesse morrido — ela fungou e enxugou os olhos. — Achei que tivesse me deixado. — Ela me bateu de leve no ombro saudável, depois abaixou a cabeça para perto da minha. — Porra, nunca mais faça isso comigo. Eu não me importo com o que aconteça... nunca me tranque em um lugar onde eu não possa chegar até você. Onde não possa ajudar.

— Eu queria... que você estivesse segura...

— Foda-se — ela interrompeu, seu semblante tenso e fechado. Ela quis realmente dizer cada palavra. Eu não pude evitar, e acabei sorrindo. Não um sorriso simplesmente... eu comecei a rir com vontade. Beauty ficou de boca aberta e me bateu novamente, desta vez com mais força. — Você está rindo? — Mas seu lábio se contraiu e ela começou a rir também.

Agarrando seu pulso, puxei-a para o meu peito, não dando a mínima para a dor ou as feridas que provavelmente não deveriam ter minha mulher de sessenta quilos deitada sobre elas. Eu a obriguei a me encarar.

— Eu amo você pra caralho, mulher.

— Eu também amo você — ela sussurrou de volta, e outra lágrima caiu. Com a cabeça recostada ao meu peito, eu a deixei se livrar de todas as lágrimas. Podia ouvir as pessoas do lado de fora e sabia, pela aparência do quarto, que devia estar no complexo dos Hangmen. Bem, por isso e pela enorme bandeira do clube que cobria a parede oposta.

— Você matou dois homens. — Meus olhos focaram na cabeça loira de Beauty. Ela a levantou lentamente para que eu pudesse ver seu rosto. Seu lábio inferior tremeu. Eu assenti. Seus olhos se fecharam. — Eu só precisava dizer isso em voz alta.

— Matei muitos mais. Você sabe disso. — Eu a observei, procurando por qualquer tipo de reação. Não havia nenhuma, mas ela deu um longo suspiro. Afastei uma mecha de cabelo de sua bochecha. — É a vida que vivo. Eu sei que você não viu isso no tempo em que estamos juntos. —

TILLIE COLE

Olhei ao redor do quarto, para o rosto de Hades olhando para mim da parede. Assim como acabei na Klan, agora me encontrei aqui. Em uma porra de um covil de assassinos.

Eu também era um deles.

Beauty desviou o olhar, mas depois virou a cabeça para mim.

— Eu não me importo.

O peso que estava pressionando meu peito enquanto eu esperava por sua resposta se dissipou com essas quatro palavras. Ela engoliu em seco e se aproximou, até que seus lábios pairaram sobre minha boca.

— Estou com você. Não importa o que aconteça. Você é meu destino e ponto final. — Sorriu e acariciou minha bochecha com o dedo. — Esses últimos meses com você foram os melhores da minha vida. — Beijou meus lábios. — Não vou desistir de você agora. Não importa o que aconteça a seguir.

Agarrando sua cabeça, pressionei minha boca à sua. Precisava do seu sabor e sentir aquela língua quente contra a minha. Só me afastei quando alguém pigarreou da porta. Por cima do ombro de Beauty, vi Bull parado no batente. Minha mulher não se afastou de mim, apenas apoiou a cabeça no meu pescoço e passou o braço em volta da minha cintura.

— Que bom, você está acordado — Bull disse e cruzou os braços sobre o peito, mas seu rosto parecia diferente quando olhou para mim. Parecia mais relaxado. Eu sempre soube que ele era um pouco cauteloso perto de mim. Mas seus olhos e mandíbula estavam menos tensos agora. — Reaper quer ver você.

— Ele acabou de acordar — Beauty argumentou, sentando-se, e Bull recebeu o peso de sua ira. Ele nem mesmo vacilou.

— Tudo bem. — Afastei o cobertor e arranquei a intravenosa do braço. — Minha calça? — pedi para Beauty.

— Tank...

— Baby, estou bem. — Seus olhos brilharam, mas ela saiu da cama e desapareceu pelo corredor.

— Ela não saiu do seu lado — Bull falou.

— Quanto tempo fiquei desacordado?

— Alguns dias. O médico que chamamos sedou você no primeiro dia. O resto você dormiu por conta própria.

Assenti com a cabeça, e então Beauty voltou para o quarto segurando uma sacola da loja em que trabalhava. Ela tirou uma calça jeans e me ajudou a vestir. Eu poderia ter feito isso sozinho, mas não correria o risco de ela se irritar se não a deixasse ajudar. Beauty também trouxe uma camisa.

— Não preciso disso. — Segurei meu ombro machucado enquanto me levantava.

Beauty me ajudou a calçar as botas. Ela se afastou e cruzou os braços sobre os seios, olhando para o chão. Parei na frente dela e levantei seu queixo com a mão livre. Ela manteve o olhar baixo, até que minha paciência vencesse e ela me encarasse.

— O quê? — retrucou.

— Volto em breve. Então você pode mexer em mim o quanto quiser, okay?

Beauty chutou o chão, parecendo adorável pra caralho. Mas então assentiu em concordância, e um sorriso surgiu em sua boca. Ela se aproximou até que seu peito estava contra o meu.

— Vá.

Beijei sua boca com vontade.

— Letti e Marie estão no bar esperando por você — Bull disse.

Beauty pegou meu celular da mesinha e colocou no meu bolso.

— Se você precisar de mim, é só ligar. — Envolveu os braços, nas mangas muito longas do meu moletom, em volta da cintura, e em seguida, saiu do quarto. Não pude deixar de sorrir. Sabe-se lá o que ela pensou que poderia fazer contra os Hangmen.

Segui Bull porta afora. Ao que parecia, era o início da noite. Ele nos levou a uma grande estrutura que parecia um galpão, longe da sede do clube. Quando abriu a porta e entramos, vi todos os Hangmen parados à volta... e no centro, amarrado a uma cadeira, estava Trace. Sua cabeça levantou quando entrei. Meu sangue borbulhou em minhas veias enquanto o filho da puta fazia uma careta de desgosto.

De repente, Reaper estava na minha frente.

— Guardei ele para você. — Ele cerrou os dentes e depois relaxou. — Foi muito difícil, mas depois disso... — Reaper socou meu ferimento a bala. Não foi forte, mas foi o suficiente para me mostrar que ele estava no comando. Inspirei fundo para lidar com a agonia. — Você deveria ter as honras.

— Traidor — Trace cuspiu. Passei por Reaper e fiquei na frente do idiota que quase me tirou de Beauty. Seu rosto estava espancado, o olho esquerdo quase fechado. Ele sorriu e seus dentes estavam cobertos de sangue. — Você merece morrer — ele falou, com a voz rouca e áspera. —

Você merece morrer nesta porra de terra impura. — Olhou para todos os Hangmen. — Este clube costumava ser puro até que o abriram para a porra dos inferiores. — Seu olhar focou em Bull. — Para a escória preta que deveria estar se curvando aos nossos pés superiores.

Styx veio ao meu lado e me entregou uma lâmina alemã. Era uma ironia do caralho um membro da Klan morrer dessa maneira. Peguei a faca de sua mão e enfrentei Trace.

— Acha que eles não vão continuar vindo atrás de vocês? — o babaca rosnou. — Pode não ser agora ou em breve, mas um dia a Klan se levantará e exterminará as raças inferiores e aqueles que deixaram a irmandade para andar com impuros e inferiores a nós.

Inclinei-me para frente e fiquei cara a cara com ele.

— Pode ser. Mas, assim como você e os malditos companheiros que vieram contigo, vou acabar com eles. Cortar a porra da garganta deles e mijar em seus cadáveres. — Trace tremia de raiva. — A Klan não significa mais merda nenhuma, apenas um bando de idiotas que se agarram às tradições de seus avós supremacistas. A Klan vai cair... — Sorri. — E se eu conseguir, estarei liderando a porra do ataque.

Trace estava prestes a dizer mais alguma coisa, mas não dei a ele chance de falar. Movi meu braço e deixei a lâmina alemã de Styx cortar a garganta do filho da puta. Seus olhos abertos fixaram-se nos meus e eu o observei. Assisti enquanto ele se asfixiava com seu próprio sangue, o talho se abrindo e o líquido carmesim se esvaindo. Eu o observei se debatendo na cadeira, lutando para respirar. E vi quando seus olhos congelaram e seu corpo ficou imóvel. Não havia nenhum som no galpão, a não ser pela minha respiração. Então, com uma porra de um berro interminável vindo das profundezas da minha alma, chutei a cadeira e me lancei em seu cadáver quando ele caiu no chão. Esfaqueei o maldito até que não houvesse nada além de sangue e carne. Eu me levantei e olhei para o que sobrou dele. Só então me afastei, sem fôlego, para ver os olhos de todos os Hangmen focados em mim.

Limpei a lâmina na calça jeans nova, mas não adiantou muito. Eu estava coberto de sangue. Devolvi a faca para Styx e ele sorriu; foi a primeira vez que vi qualquer expressão do garoto mudo.

— Isso foi incrível pra cacete... Estou com uma ereção enorme. Alguém mais? — Vike falou, mas mantive o olhar em Reaper.

— *Church*. — Reaper se virou para voltar para a sede do clube. Todos os irmãos o seguiram e eu fiquei olhando para Trace. Pegando meu celular do bolso da calça, tirei uma foto do corpo todo fodido e enviei para a única pessoa que pensei que nunca me trairia.

> **Ele não conseguiu. Se me quer morto, faça a porra do trabalho você mesmo.**

Quando a mensagem foi enviada, saí do galpão, deixando a Klan completamente para trás. Não fui buscar Beauty; em vez disso, tomei um banho no quarto em que estava hospedado e joguei a calça jeans fora. Vasculhei a sacola que Beauty trouxera da Ride e encontrei outra calça jeans e uma camiseta branca. Depois de me vestir, eu me sentei na cama, respirando fundo. Quando olhei para baixo, minhas mãos tremiam. Minhas pernas não conseguiam ficar quietas e a adrenalina tomou conta do meu corpo, me deixando agitado pra caralho.

Trace. Maldito Trace. O cara que me tirou das ruas e me deu uma família. Uma família que era má. Fechei os olhos, pensando na primeira noite em que os ajudei a matar um membro de uma gangue rival.

Um membro negro de gangue...

A risada alta de Trace veio do lado do motorista enquanto eu me sentava ao lado dele no banco do passageiro. Ele girou o volante e ouvi o som do corpo sendo arrastado atrás do carro pelas terras de Landry. Trace me entregou o uísque. Então ele parou, saiu do veículo e eu o segui. Paramos na traseira e olhei para baixo, mas não me movi um centímetro quando vi o estado do corpo.

— Outra vitória da raça branca. — Trace me deu um cigarro. — Comemore, Tank. Você acabou de conseguir sua primeira morte pela causa...

TILLIE COLE

Passei as mãos pelo rosto e senti o estômago revirar com a memória. Porque eu participei daquilo. Jovem, idiota e embriagado pela minha primeira morte, Trace atiçando as chamas do orgulho branco.

Agora, anos depois e bem mais maduro, eu o vi como ele era... um perdedor de merda em quem eu confiei totalmente. Segui o cara para o inferno com uma cruz em chamas iluminando o caminho.

Eu fui tão idiota quanto ele. Tinha sangue inocente em minhas mãos. Não de todos, mas principalmente de gangues rivais, algumas pessoas que estavam apenas no lugar errado e na hora errada.

Eu não tinha certeza de quanto tempo fiquei sentado ali, mas, por fim, ouvi a voz de Bull na porta.

— Estão chamando você na *church*.

Observei o rosto de Bull, tentando descobrir o que estava acontecendo. O rosto do cara estava inexpressivo, não revelando nada. Eu o segui, e enquanto caminhávamos pelo corredor, deixei o entorpecimento tomar conta de mim. O que quer que estivesse para acontecer, bom ou ruim, eu não iria fugir.

Quando entrei na sala onde nunca fui permitido entrar, todos os irmãos estavam sentados ao redor de uma mesa. Reaper estava na ponta, um *martelo* à sua frente; Hades me olhando da parede às suas costas. Big Poppa estava à sua esquerda, Styx à direita, com Ky ao seu lado.

A porta se fechou assim que passei, mas mantive o olhar focado em Reaper. Se por alguma razão ele pensou que eu trouxe a Klan até aqui, eu queria ver o psicopata vindo para mim. Eu me perguntei se isso era algum tipo de teste. Gostaria de saber se ele manteve Trace vivo para ver se eu poderia fazer isso. Se seria capaz de matar um ex-irmão da Klan.

Fiquei tenso, esperando que Reaper falasse alguma coisa, então ele pegou algo debaixo da mesa e jogou para mim. Eu peguei por instinto. O cheiro de couro novo imediatamente atingiu meus sentidos. Baixei o olhar para ver um *cut* em minhas mãos, com a insígnia dos Hangmen nas costas. Na frente estava a palavra "Recruta", com meu nome ao lado... Tank.

Levantei a cabeça enquanto meu coração batia forte no peito. Reaper ficou sentado em sua cadeira como se o filho da puta fosse Hades em seu trono. Uma mão pousou no meu ombro. Bull.

— O quê? — Ky disse, sorrindo de sua cadeira. — Que merda você está esperando? Coloque essa porra.

Engolindo em seco, vesti o *cut* sobre a camiseta. E porra, parecia perfeito. Passei a mão sobre a insígnia, com reverência.

— Você defendeu os Hangmen de seus antigos irmãos. Matou por nós. — Reaper encolheu os ombros. — Mostrou que pode ser um de nós.

— Sim — eu disse, sem respirar.

Reaper bateu o *martelo* na mesa, o som ecoando nas paredes. Ouvi aquele som repetindo em minha cabeça enquanto eu observava, sem acreditar, os irmãos se levantarem. Achei que meu coração estava prestes a explodir no peito quando vi a expressão de seus rostos, senti cada tapinha nas minhas costas. Eu estava respirando com dificuldade, o ar correndo por mim tão rápido quanto meu sangue circulava em minhas veias. Então olhei para o meu *cut* — meu maldito *cut* — e li meu nome uma e outra vez. "Tank" bordado no couro... o cheiro do tecido me dizendo uma coisa: eu era um maldito Hangman.

Eu sou um maldito Hangman...

O mundo voltou ao tempo real quando Reaper se aproximou, o último a chegar até mim, com Big Poppa ao lado.

— Ser recruta é uma merda. Faça o seu trabalho e, um dia, você será oficializado.

Assenti, ignorando cada palavra. Eu estava tentando assimilar tudo. Tentando acreditar que era verdade, que ainda não estava sob os efeitos dos sedativos por causa do ataque e sonhando com tudo isso.

Mas eu estava aqui. Quando Reaper bateu no meu ombro, me parabenizando, eu sabia que estava realmente aqui. Eles me deixaram entrar na irmandade. Beauty e eu... não estávamos mais sozinhos.

Bone passou por mim e segurou meu braço, arrastando-me em direção à porta da *church*. Eu fiz uma careta, tentando me concentrar no que diabos estava acontecendo.

Foi Big Poppa quem falou:

— Primeiro você vai cobrir essas malditas tatuagens nazistas. Se eu tiver que dar de cara com essa porra por mais um dia, eu mesmo cortarei sua garganta. — Poppa bateu com a mão no meu ombro. — E minha moto

TILLIE COLE

nunca esteve tão boa. Não quero ter que encontrar um novo mecânico.

Bull e Ky me levaram para o bar. Quando as portas se abriram, eu imediatamente vi Beauty. Seus olhos azuis focaram no *cut* e nos irmãos parados ao meu redor, e suas mãos cobriram a boca.

Meu coração era um punho de ferro quando vi as lágrimas de felicidade surgindo em seus olhos, mas consegui sorrir. Não tive a chance de ir até ela porque um rock explodiu pelos alto-falantes, uma garrafa de bebida foi colocada em minha mão e fui empurrado para uma cadeira ao lado de Bone, que saiu da sala dos fundos com sua pistola de tatuagem em mãos.

— Tragam as putas! — Big Poppa gritou. — Hora de beber e foder! Temos um novo irmão!

Meu *cut* e camisa foram removidos e Bone começou a cobrir minhas tatuagens nazistas com imagens de Hades. E a cada minuto, eu ficava mais animado, a pistola zumbindo e apagando o último elo com minha vida passada. O maior erro que já cometi.

Enquanto olhava para Beauty, sorrindo e chorando, bebendo uísque que eu sabia que ela odiava com Letti, Lois e Marie, senti como se finalmente pudesse respirar.

Eu era um maldito Hades Hangman.

E estávamos em casa.

EPÍLOGO

TANK

Uma semana depois...

Beauty soltou um longo "uhuuul!" enquanto cruzávamos a Congress Avenue, com os braços erguidos. Seu *cut*, que mostrava a todos a quem ela pertencia, cobria suas costas, calça de couro preta e justa em suas longas pernas. Ela estava com sua regata dos Hangmen – Vike estava certo, aquilo fazia seus seios parecerem absurdos.

As pessoas pararam e olharam enquanto passávamos. Pilotei até que um edifício familiar apareceu à frente. O prédio em que peguei Beauty todos aqueles meses atrás. Os braços dela envolveram minha cintura e seus lábios chegaram ao meu ouvido, como se ela estivesse lendo minha maldita mente.

— A melhor coisa que já fiz, meu bem.

Sorri, sabendo que era verdade. Uma maldita rainha da beleza com uma coroa e faixa subindo na minha moto mudou tudo.

Uma hora depois, estávamos de volta à nossa casa perto do complexo. No minuto em que desci da moto, Beauty pulou em meus braços, as pernas em volta da minha cintura – onde pareciam permanentemente engancha-das – e seus lábios nos meus. Segurando sua bunda com as mãos espalman-das, eu a carreguei escada acima até a varanda, e então pela porta da frente.

TILLIE COLE

Não avançamos muito, porque quando sua mão se enfiou dentro do meu jeans e puxou meu pau já duro como pedra para fora, perdi a cabeça.

Imprensei suas costas contra a parede, e fiz com que abaixasse as pernas o suficiente para conseguir livrá-la da calça de couro. Como sempre, minha *old lady* não estava usando nada por baixo. Com a frequência com que transávamos, não fazia sentido. Afundei três dedos em sua boceta já molhada. Beauty inclinou a cabeça para trás e gemeu.

Sua mão acariciou meu pau. Tirei os dedos e afastei sua mão, e com um longo impulso, penetrei naquele paraíso molhado. Sua boceta apertou ao redor do meu pau enquanto eu arremetia, suas costas se chocando contra a parede. As unhas vermelhas de Beauty arranharam minhas costas; ela me encarou, os olhos atordoados e um sorriso no rosto. Então se inclinou e mordeu o lóbulo da minha orelha.

— Isso é o que você chama de forte, meu bem? Me. Fode. Mais. *Forte*.

Grunhi enquanto prendia seus braços na parede e dei a Beauty o que ela queria. Sua boca se abriu e seus gemidos se tornaram mais altos. Ela sempre queria forte e rápido depois de andar na minha moto. Já que isso acontecia todos os dias, meu pau mal saía de sua boceta. Dei chupões na pele de seu pescoço. Eu amava isso pra caralho; mostrar aos idiotas que iam na loja e no complexo que essa mulher era minha.

— Tank… — Beauty gemeu, sua boceta me agarrando com mais força. — Vou gozar…

Observei seu rosto, vi seus olhos fecharem enquanto sua boceta apertava meu pau com tanta força que quase o estrangulou, seu grito ecoando pela sala. Isso foi tudo o que precisou para fazer minhas bolas se contraírem, me levando ao orgasmo também, onde a enchi com a minha porra.

Apoiei a cabeça na curva suave de seu pescoço.

— Você vai me matar.

Beauty riu e enlaçou meu pescoço, colando os lábios famintos nos meus enquanto eu a carregava até o sofá; nós nos deitamos ali, com Beauty esparramada sobre o meu peito.

— Uhmm… — ela murmurou. — Eu amo seu pau grande.

Eu ri enquanto ela o acariciava.

— Ele também gosta de você.

Beauty sorriu, mas seus olhos estavam fechando. Eu a segurei enquanto o céu escurecia lá fora. Carreguei-a para o quarto, coloquei-a na cama e apenas a observei.

Melhor cadela de todas... Ouvi a voz de Ky na minha cabeça, na semana passada na sede do clube, enquanto eu estava atendendo os irmãos no bar. *Ela nasceu para ser uma* old lady *e viver esta vida.* Styx e Ky tinham se sentado no bar, observando comigo enquanto Beauty limpava as mesas – só para que eu não precisasse fazer esse serviço. Sorri com a lembrança, olhando para baixo enquanto Beauty dormia, o cabelo loiro espalhado por todo o travesseiro. Foi Styx quem sinalizou para mim naquele dia; Ky havia traduzido.

E era verdade. Beauty tinha se ajustado muito bem na vida do clube. Ser um recruta era uma merda, mas eu sabia ao que isso me levaria. Mantive a cabeça baixa e fiz meu trabalho como deveria. No entanto, para ser honesto, sabia que não era visto como um recruta comum. Os irmãos não me tratavam como os outros; me tratavam mais como um deles.

Olhei para a tatuagem de Hades na mão, a peça final coberta. A merda nazista se foi, coberta com imagens da minha nova família e clube. Novos malditos irmãos. Irmãos pelos quais eu morreria.

Quando olhei para Beauty, soube que morreria por ela também.

Estava prestes a tomar um banho quando ouvi um som vindo da porta dos fundos. Pegando a arma do cós da calça jeans, caminhei furtivamente pela casa. Uma tábua do assoalho rangeu outra vez. Tirei a trava de segurança e voei para a cozinha, acendendo a luz.

Apontei a arma, arreganhando os dentes assim que percebi quem estava ali parado, na minha casa.

— Que porra você quer? — Cada uma das minhas palavras estava repleta de veneno. Traição e veneno.

Tanner ergueu os braços.

— Não estou armado, Tank. — Meus olhos se estreitaram e verifiquei às suas costas. — Sou só eu. Ninguém sabe que estou aqui. Eu juro.

— Por quê? — sibilei, rezando para que Beauty não acordasse.

O rosto de Tanner empalideceu. Como se não pudesse acreditar que fiz essa pergunta. Achei que conhecia esse cara; ele era tão próximo de mim quanto um irmão.

— Por quê? — ele repetiu. — *Por quê?* — Ele balançou a cabeça, seus olhos flamejando sob a luz. — Porque estive fora por meses, e quando voltei encontrei o rancho em caos e meu melhor amigo me mandando uma foto do corpo de Trace, e pensando que eu tinha tentado matá-lo. É por isso, porra!

— Trace veio aqui com dois idiotas que eu nem conhecia e tentou me matar. Ordens da Klan. Sua maldita Klan! — Eu ainda tinha hematomas e cortes por todo o meu corpo. Tanner os viu claramente em meu rosto.

— Não foi sancionado — ele disse, quando me aproximei, a mira focada em sua cabeça. — Landry nunca os enviou. A última coisa de que precisamos agora é uma guerra contra os Hangmen. Eu estive fora; não tenho muito contato com a Klan enquanto estou em missão. É muito perigoso. Estou no Exército, Tank. Eu não posso ser pego com a merda da Klan.

Ele deve ter visto em meu rosto que eu não estava acreditando no que ele dizia.

— Tank... Eu juro. Trace estava perdendo as boas graças de Landry e dos Magos. Ele era um idiota de merda que Landry meio que descartou meses atrás. Ele só ferrava com as coisas, escolhia *snow* ao invés da irmandade. Ele que fez isso consigo mesmo. Trace soube que você estava trabalhando para os Hangmen e planejou o ataque sozinho. Ele queria voltar.

Pensei em Trace e em seus malditos olhos enlouquecidos enquanto gesticulava para mim com a arma. Ele poderia estar chapado... Sei lá, porra. Tudo aconteceu muito rápido.

Os olhos de Tanner focaram no meu *cut* e nas minhas novas tatuagens. Seus olhos se arregalaram e vi a raiva borbulhando dentro dele.

— Você se juntou a eles? — Balançou a cabeça, como se não pudesse acreditar nisso. — Isso é sério? Você entrou para os malditos Hangmen?

Suspirando, abaixei a arma.

— Eu *sou* um maldito Hangman. Um recruta. Deixei a Klan para trás, Tann. Estava falando sério quando fui embora. Não vou voltar.

O rosto de Tanner parecia como se eu tivesse disparado a arma e acertado no alvo.

— Pensei que se você passasse um tempo esfriando a cabeça...

— Você pensou que eu voltaria? Para o Landry?

— Nós somos a porra da sua família! — ele sibilou.

— Não mais.

Tanner deu um passo atrás, ferido por minhas palavras, era nítido a mágoa em seus olhos. Ele puxou uma cadeira e desabou. Procurei por Beauty atrás de mim, mas ela ainda devia estar dormindo. Puxando outra cadeira, peguei duas cervejas e coloquei uma na frente dele. Tanner bebeu metade da garrafa antes mesmo de eu me sentar.

— E quanto a mim? — resmungou, e então ergueu os olhos. — Eu sou seu irmão; seu melhor amigo. — Franziu o cenho, confuso, e perguntou: — Se não somos mais sua família, quem diabos sou eu para você agora?

Seu inimigo? Fomos feitos para liderar a Klan para a Nova Era. Eu como líder, você ao meu lado, porra. Tínhamos planos, Tank. Uma porrada de planos.

Meu peito apertou com a angústia em sua voz. Poder branco ou não, Príncipe Branco da porra da KKK ou não, Tanner Ayers era meu irmão. Tínhamos crescido e nos tornado homens juntos. Porra, ele ainda era jovem. Letal, porém jovem.

— Pensei que você tivesse enviado os filhos da puta. Pensei que tivesse ordenado aos soldados que me eliminassem.

— Então você nem ao menos me conhece. — O olhar de Tanner se tornou severo.

— Conheço, e é por isso que pensei que fosse verdade. — O filho da puta era implacável, matava sem pensar duas vezes. Ele matava como se não tivesse um maldito coração. Eu era assim também… mas ele estava em outro nível. O melhor membro que a Klan já teve. Ele foi criado para isso. Tanner Ayers *era* a Ku Klux Klan. Os dois andavam de mãos dadas.

Seu lábio se curvou.

— Não você. Você pode ser a única pessoa neste planeta a quem eu nunca mataria. — Ele tomou um gole de cerveja e passou a mão pelo rosto. — Eu rastreei você até esta casa. Não foi difícil. — Ele balançou o queixo na direção do quarto. — Vi que você arranjou uma mulher agora. — Sorriu. — Você claramente ainda tem gostos arianos, embora não suporte ficar perto de nós.

Ignorei a última parte.

— Não estou tentando desaparecer, viver em segredo. Estou aqui. Estou com os Hangmen. Não há por que me esconder. Vivemos na mesma cidade. Vivemos no mesmo mundo fodido, longe das pessoas "normais".

— Tank, você *é* o poder branco. Alguém da porra da elite! — Ele apontou para mim. — Isso é quem você é por dentro. O que fez você ser o que é hoje. Temos o mesmo sangue vermelho, branco e azul, raça pura. Você não pode simplesmente virar as costas para nós e escolher os filhos da puta dos Hangmen! — Ele deu uma risada desprovida de humor. — Acha que somos maus? Você sabe com quem está lidando agora? Os Hangmen? Eles são piores do que nós. Reaper Nash mata por diversão, mas *nós* somos os errados? Sua família, que tem uma causa real, uma guerra verdadeira para a qual estamos nos preparando? Você acha que os Hangmen são mais adequados para você? — Seu lábio se curvou em desgosto. — Você acha que não sei que você anda com um samoano? Sério, Tank?

Deixei passar o comentário sobre Bull. Tanner nunca entenderia como eu poderia ter uma amizade com o cara. Ele nunca parou para conversar com ninguém de fora da raça branca.

— Eu não sangro mais o branco e o vermelho. Meu sangue é tão negro como o Hades agora, irmão. — Fiz uma pausa. — Não somos mais os mesmos.

A cozinha estava cheia de tensão. O rosto de Tanner perdeu qualquer expressão, e eu sabia que agora estava sentado de frente com Tanner Ayers, o bastardo frio e calculista da Klan, a quem o pai havia preparado para ser o Príncipe Branco que não pensava em nada ou em ninguém fora da Klan.

— Eu deveria matar você.

Os cabelos da minha nuca se arrepiaram com a ameaça e o tom da voz profundo de Tann. Mas logo passou, porque apesar do jeito com que me encarava agora, ele estava certo. Ele não tocaria em mim.

E não havia mais nada a ser dito entre nós.

Tanner me encarou, e eu podia ver a batalha que ele travava em sua mente através de seus olhos semicerrados.

— Você sabe muito… sobre mim, sobre meu pai… — Minutos tensos se seguiram.

De repente, Tanner terminou sua cerveja e se levantou. Ele caminhou até a porta.

— Alguma merda está acontecendo na irmandade. Eu preciso estar lá. Tenho que ir.

Meu primeiro instinto foi perguntar o que estava acontecendo. Para dizer a ele que eu o protegeria, que resolveríamos juntos… mas eu não podia mais fazer isso. E em toda essa situação complicada, foi essa parte a que mais doeu.

— Terminamos? — perguntei, minha voz falhando. Mas eu não estava falando deste momento, não sobre o término dessa conversa. Tanner sabia o que eu queria dizer: o fim da nossa amizade. Para sempre.

Ele inclinou a cabeça para frente e enfiou a mão no bolso. Um celular descartável foi jogado na minha direção.

— Parece que não.

— Um dia você estará no comando — atestei. Ele entendeu o que eu realmente estava dizendo. Chegará o dia em que as irmandades às quais pertencemos importariam mais do que tudo.

Seus ombros tensionaram.

— Sim. E a Klan será a maior potência dos Estados Unidos. Vou me certificar disso.

Suspirei. Ele *tinha* que saber que toda a ideologia da Klan era uma besteira. Mas Tanner foi criado nessa vida de supremacia branca. Ele *era* o poder branco. E eu sabia que quando ele estivesse no comando, ele os *tornaria* mais poderosos ainda.

Sabe-se lá o que faríamos então.

Tanner girou a maçaneta.

— Um dia você vai perceber, Tann. Algo vai acontecer, um dia, e te fará esquecer toda essa merda de poder branco. Que toda a porcaria de "nossas cores nos tornam diferentes" não é real. Um dia você saberá que precisará ir embora.

Tann ficou em silêncio depois das minhas palavras, mas em seguida disse:

— Você sabe onde me encontrar se precisar de mim. — E então ele saiu porta afora. Ouvi sua *Fat Boy* se afastando pela rua.

Sentei na minha cadeira por sei lá quanto tempo, olhando para a garrafa de cerveja e o celular. Eu sabia que deveria destruí-lo. Cortar todos os laços. Ou deveria ficar com ele, contar ao clube e usar Tanner para conseguir informações. Usá-lo para proteger os Hangmen. Mas quando me levantei e caminhei até o cofre, guardando o celular lá dentro, eu sabia que não poderia e não faria isso; que esse seria o meu segredo. Reaper me mataria se soubesse que eu era o melhor amigo do futuro Príncipe Branco.

Tranquei as portas, tirei a roupa e fui para a cama com a minha cadela. Tirei sua regata e sutiã enquanto ela dormia, em seguida, puxei seu corpo contra o meu peito. Um dia, Tanner entenderia tudo. Porque, um dia, os Hangmen batalhariam contra a Klan. A guerra sempre estava presente nesta vida. E quando esse dia chegasse, eu não queria enfrentar o melhor amigo que já tive. Não queria escolher entre ele e o clube.

Eu não tinha ideia do que diabos faria.

— Você está bem, querido? — A voz sonolenta de Beauty interrompeu meus pensamentos. Suas mãos percorreram meu peito, como se ela pudesse sentir que eu estava agitado por dentro. — Uhmm… — murmurou, então começou a beijar meu abdômen.

Levantando-a, levei seus lábios à minha boca. Enquanto eu tomava sua língua, afastei todos os pensamentos sobre Tanner. Cabia ao meu irmão encontrar o caminho para sair daquela vida. Um dia, algo aconteceria para fazê-lo questionar tudo. Ele era muito inteligente para não fazer isso.

Quando Beauty se afastou da minha boca e desceu, beijando ao longo do meu peito, eu sabia que, apesar do que Tanner disse, eu tinha muita sorte. Eu tinha um clube ao qual amava, uma irmandade onde me encaixava. Trabalhava com motos o dia todo... mas, melhor ainda, eu tinha essa mulher incrível ao meu lado. No meio de toda a merda que apareceu em nosso caminho, ela permaneceu forte. Uma porra de uma rocha, um maldito diamante ao meu lado. Na minha cama e na garupa da minha moto.

Virei Beauty de costas.

— Amo você — eu disse, me certificando de que ela estivesse olhando nos meus olhos.

— Eu também amo você — ela sussurrou de volta, com lágrimas nos olhos e acariciando minha bochecha com a mão. — Amo muito você, meu bem.

Eu a beijei, então coloquei a mão entre suas pernas.

— Está pronta para mim?

— Sempre, Tank — ela sussurrou. — Sempre.

FIM

AGRADECIMENTOS

Obrigada ao meu marido, Stephen, por sempre ser a minha rocha.

Rome, eu nunca pensei que era possível amar tanto alguém. Você é a melhor coisa que já fiz na minha vida. Amo muito você, meu menininho!

Mãe e pai, obrigada por sempre me apoiarem.

Samantha, Marc, Taylor, Isaac, Archie e Elias, eu amo vocês.

Thessa, obrigada por ser a melhor assistente do mundo. Você faz as melhores revisões, me mantém organizada e é uma amiga incrível.

Liz, obrigada por ser uma superagente e amiga.

À minha melhor revisora, Kia. Eu não teria conseguido sem você.

Neda e Ardent Prose, estou muito feliz por ter embarcado nessa com vocês. Vocês fazem a minha vida ser infinitamente mais organizada. Vocês são incríveis.

Ao meu Hangmen Harem, eu não poderia pedir por amigas literárias melhores. Obrigada por tudo o que vocês fazem por mim. Um brinde a mais um passo na nossa Revolução dos Romances Dark! *Viva o Dark Romance!*

Jenny e Gitte, vocês sabem como eu me sinto sobre vocês. Amo muito! Valorizo imensamente o que vocês fizeram e fazem por mim durante esses anos.

Obrigada aos blogs INCRÍVEIS que têm apoiado a minha carreira desde o início, e aos que ajudaram a panfletar o meu trabalho.

E por último, obrigada aos leitores. Sem vocês nada disso seria possível.

TILLIE COLE

Nosso mundo Hades Hangmen é um dos meus lugares preferidos de estar. Algumas pessoas não nos entendem, e nosso amor imortal pelos nossos homens em roupas de couro... Mas temos uns aos outros, nossa própria tribo, e isso é tudo o que precisamos conforme o nosso mundinho de motociclistas cresce!

Nossos Hangmen são foda!

"Viva livre. Corra livre. Morra livre!"

HERANÇA SOMBRIA

Série Hades Hangmen

Para Tanner e Adelita.
Finalmente conheceremos suas histórias.

PRÓLOGO

TANNER

Austin, Texas

Seis anos de idade...

— *Tanner, você pode mostrar ao Rafael onde guardamos as canetas e os lápis?*

Assenti com a cabeça e caminhei até a mesa com os ítens. Um menino de cabelo escuro foi junto comigo. Apontei para as canetas e lápis como a senhora Clary pediu.

— *Você pode pegar o que precisar e então devolver quando tiver terminado.*

Rafael ergueu a cabeça.

— *Obrigado.*

Franzi o cenho quando ouvi seu sotaque. Ele soava estranho.

— *Por que você fala assim?*

— *Assim como?*

Ele não sabia que falava diferente? Olhei em volta da turma, na sala de aula. Todo mundo tinha pele branca. A dele era escura.

— *Você parece diferente de nós também.*

Antes que ele pudesse responder, a senhora Clary se aproximou.

— *Está tudo bem aqui, meninos?*

Assenti e Rafael também.

TILLIE COLE

— Tanner, você poderia ser amigo de Rafael hoje? Deixe-o sentar com você no almoço e no recreio. Você pode mostrar a ele as coisas aqui em St. Peter?

— Sim, senhora.

Levei Rafael de volta para a mesa em que eu estava sentado. As outras crianças não pareceram notar a cor da sua pele. Minha babá, a senhora Murray, disse que qualquer pele mais escura que a branca era um sinal de inferioridade. Eu não sabia o que isso significava, mas Rafael parecia legal. Não vi nada de errado com a sua pele.

— Você gosta de videogame? — Rafael perguntou.

— Sim — respondi e o garoto sorriu.

Ele passou o dia inteiro comigo. Quando soou o sinal para o fim das aulas, saí pela entrada principal com Rafael. Seu pai estava esperando por ele do lado de fora; ele também era escuro como Rafael. Eu nunca tinha visto alguém como eles antes.

A senhora Murray saiu do carro quando nós três caminhamos em sua direção. Ela sorriu para Rafael e seu pai.

— Rafael me disse que Tanner o ajudou hoje — o pai dele disse. — Eu só queria agradecer. Tem sido difícil para Rafael depois que deixamos o México. Seu filho tornou o início de uma nova escola mais fácil para ele.

— Ela não é minha mãe — comentei. — A senhora Murray é minha babá. Eu não tenho mãe.

A Senhora Murray apertou a mão do pai de Rafael.

— Tanner é um bom menino. Estou feliz que ele tenha ajudado. — Em seguida, ela olhou para mim. — Vamos, Tanner. Temos que ir para casa.

Acenei para Rafael, e entrei no carro. Meu irmão, Beau, já estava lá. A senhora Murray se inclinou sobre mim e afivelou meu cinto de segurança.

— Ai! — reclamei quando ela apertou meu braço com um pouco mais de força. Ela não disse nada.

Quando nos afastamos da escola, acenei para Rafael e seu pai. Beau se inclinou para me dar o seu carrinho de brinquedo. Quando o peguei, a senhora Murray disse:

— Você gostou daquele menino, Tanner?

— Sim, ele era legal — respondi e então devolvi o brinquedo ao meu irmão. A senhora Murray estava me observando pelo espelho retrovisor. Meu estômago revirou; ela parecia zangada.

— Ele disse que o pai é um médico. Eles vieram do México. O pai dele trabalha no hospital do centro da cidade.

A senhora Murray não disse nada depois disso. Então, brinquei com o Beau até chegarmos em casa. Saí do carro e entrei. Sentei à mesa, fiz meu lanche e a lição de casa. A senhora Murray desapareceu por um tempo, mas voltou quando terminei.

HERANÇA SOMBRIA

— *Vá se trocar, Tanner, depois fique em seu quarto. Seu pai virá à noite.*

— *Ele vem?* — *Animação cresceu em meu peito. Fazia tempo que eu não via meu pai, ele trabalhava muito. E ele era um segredo que eu e Beau tínhamos que manter para nós mesmos. Não podíamos dizer quem era o nosso pai. Para nos manter a salvo de pessoas más que não gostariam de nós. Mesmo na escola eu tinha que fingir que não sabia sobre ele. As pessoas na escola pensavam que meu nome era Tanner Williams. Mas, na verdade, eu era um Ayers.*

Assim como meu pai.

Subi as escadas, fui para o meu quarto e me troquei. Enquanto mudava de roupa, reparei em um livro sobre a minha cama. Havia um menino na capa. Ele tinha cabelo e olhos escuros como Rafael. Mas suas roupas estavam rasgadas e sujas. As roupas de Rafael não eram assim. Ele parecia como todos nós.

Abaixei o livro quando a porta do meu quarto abriu e meu pai entrou. Sorri e corri até ele, mas suas mãos se apoiaram em meu peito e me empurraram para trás. Doeu e esfreguei meu peito, olhando para ele. Meu pai passou por mim e se sentou em uma cadeira. Não gostei do jeito com que ele estava me encarando; me assustou. Meu pai podia ser muito assustador, às vezes. Eu não gostava de decepcioná-lo ou deixá-lo irritado, caso contrário ele bateria em mim.

E seus punhos me machucavam muito.

— *Pai?*

— *A senhora Murray me disse que você fez um novo amigo hoje.* — *Assenti em concordância.* — *Ela disse que ele era do México.*

— *Sim, senhor.*

Meu pai se levantou e veio em minha direção. Eu fiquei parado, não ousando me mover. Minhas mãos começaram a tremer, as pernas pareciam gelatina e havia uma sensação estranha na minha barriga, como se um milhão de cubos de gelo estivesse ali.

De repente, o punho do meu pai acertou minha bochecha. Eu gritei quando caí no chão. Olhei para cima, mas meu pai apenas me bateu de novo. Tentei fugir, mas ele segurou minha camisa e me chutou na barriga até que eu não conseguisse respirar. Não conseguia enxergar enquanto as lágrimas escorriam dos meus olhos. Eu não entendia. Não entendia por que meu pai estava me batendo de novo. Não sabia o que tinha feito de errado.

Ele me chutou uma vez após outra, até que eu não consegui me mover. Parei de chorar e então meu pai parou de me chutar.

— *Levante-se.*

Funguei e tentei me mover, mas doeu muito. Coloquei a mão sobre meu rosto e senti algo molhado sob meus dedos. Consegui afastar um pouco a mão para poder ver.

TILLIE COLE

Meus dedos estavam vermelhos com o meu sangue.

— Eu disse: levante-se, garoto! — Meu pai me segurou e me fez ficar de pé.

Eu me curvei para frente quando a dor na barriga ficou muito forte. A mão do meu pai agarrou meu cabelo e ele forçou minha cabeça para cima. Ele se aproximou, então disse no meu ouvido:

— Se você falar de novo com outro chicano sujo, eu vou matar você, garoto. Você é branco. Você é o futuro Príncipe Branco, e não admito você falando com alguém inferior a você. Abaixo de nós. — Ele me empurrou para trás e eu caí no chão. — Não sei quem deixou a escória entrar naquela escola, mas alguém vai pagar por isso. Não toleramos nada menos do que perfeição ali. Nós, os bons pais cristãos brancos, não pagamos uma porra de uma fortuna para deixarem sangues poluídos entrar, dando a vocês ideias idiotas sobre igualdade. — Ele limpou a mão no meu blazer, bem em cima do emblema da escola. — Você é meu filho, Tanner, e eu o amo. Mas você é um Ayers. E já está na hora de saber o que nós somos... o que você nasceu para ser. Isso vai ser corrigido imediatamente.

Meu pai deixou o quarto, e no segundo em que a porta fechou, comecei a chorar. Meu corpo tremia, tudo doía... mas o pior era que havia sido o meu pai que tinha me machucado, com chutes e socos.

Ele me fez sangrar... de novo.

Olhei para cima quando ouvi a porta abrir novamente. A senhora Murray colocou Beau no chão e nos deixou a sós, trancando a porta.

Beau olhou para mim.

— Tanner? — ele sussurrou. Beau tinha apenas três anos. Ele se arrastou ao meu lado e, quando me viu chorando, começou a chorar também.

Eu me inclinei na direção do meu irmão mais novo e o puxei para os meus braços. Eu não gostava de vê-lo chorar.

— Está tudo bem — sussurrei. Mas o sangue continuava escorrendo do meu lábio e Beau chorou ainda mais. Coloquei meu irmão na minha cama e me deitei ao lado dele, segurando-o mais perto. Eu não queria vê-lo chateado. Eu tinha que protegê-lo. Eu era seu irmão mais velho, ele era o meu melhor amigo.

Vendo o livro que a senhora Murray tinha deixado para mim, falei para Beau:

— Vamos ler um livro? Isso vai fazer você se sentir melhor.

Beau assentiu e começou a chupar o polegar. Olhei para a foto na capa novamente e li o título: "Vá para casa, Juan". Eu abri o livro e li cada página para Beau.

No final, tudo no que eu podia pensar era em Rafael. O livro dizia que qualquer um que fosse do México era ruim. Que eles queriam nos machucar, pessoas de pele branca. Pele branca como a minha e a de Beau. Suspirei, percebendo por que meu pai tinha ficado tão zangado. Porque Rafael era mau. Ele tinha vindo para a minha escola, para os Estados Unidos, para machucar e arruinar pessoas com pele branca.

Abracei Beau com mais força. Beau era o meu melhor amigo no mundo todo. Nosso pai nunca nos via muito. A senhora Murray não era legal. Mas Beau me fazia rir. Minha barriga apertou quando pensei em Rafael machucando meu irmãozinho, só porque tinha inveja da nossa pele clara.

Então respirei fundo, e rapidamente me senti melhor; porque meu pai disse que ia tirá-lo da escola. E meu pai sempre fazia o que dizia.

Meu pai iria mandar Rafael de volta para casa.

E nós estaríamos seguros.

TILLIE COLE

CAPÍTULO UM

TANNER

Austin, Texas

Dias atuais...

A areia rangeu sob meus pés. As balas voaram em volta da minha cabeça. Meu peito estava apertado, pronto para se partir, enquanto assisti Gull e Arizona serem atingidos na cabeça e caírem no chão.

Mortos.

Um assobio interrompeu a carnificina que era esta maldita fazenda deserta. Olhei para o celeiro ao meu lado. AK estava sinalizando para mim de seu lugar no telhado. Ele gesticulou com a mão sobre a garganta. Entendi sua mensagem – nós precisávamos ir embora.

— Não!

Minha atenção se voltou para o barulho. Viking estava lutando para se manter em pé. Quando vi Flame caminhar rapidamente em direção aos estábulos em ruínas do outro lado da clareira, eu sabia o motivo. O filho da puta psicótico estava caminhando em direção ao lugar onde a Klan estava, como se ele não pudesse ser morto; braços abertos, disparando bala após bala em direção ao meus velhos irmãos da Klan, que estavam nos abatendo com a porra de uma precisão milimétrica.

HERANÇA SOMBRIA

Apontei a arma, focando em derrubar os malditos que agora tinham voltado sua atenção para Flame. AK estreitou os olhos e, com a sua conhecida mira de atirador, enviou balas voando para os crânios de alguns que tinham abandonado seus esconderijos para pegar Flame.

Mas os filhos da puta também tinham um atirador. Esses não eram os *skinheads* pelos quais a Klan era conhecida; os idiotas que todo mundo imaginava quando pensavam no poder branco. Não, esses eram os irmãos que passei anos treinando, aqueles que foram mantidos em segredo, para que a polícia e os rivais não soubessem da verdadeira força da Klan. Meu pai recrutou esses caras com muito cuidado. Eles eram os que iriam explodir a guerra. Os soldados que ninguém sabia da existência.

Ninguém, a não ser eu.

— Flame! — Viking saiu do seu esconderijo atrás de um velho trator e correu até o maldito irmão. Rudge saltou para o local que Vike deixou. AK tentou dar a Vike cobertura para chegar até Flame, espalhando um cobertor de balas rápidas em direção à Klan. Mas este ramo supremacista era mais forte, mais inteligente, e sabia exatamente o que AK estava fazendo. Tentei ajudar, acabando com a munição da minha arma, sinalizando para Smiler também ajudar a dar cobertura. Mas, mesmo com nossas armas e a porra da mira perfeita de AK, as balas ricocheteavam furiosas de todas as direções. Nós estávamos em menor número e éramos menos qualificados.

Como em câmera lenta, vi Vike se jogar na direção de Flame. Mas foi tarde demais; o impacto da bala jogou Flame para o lado. O cara caiu no chão, sangue vertendo da ferida em sua barriga.

— PORRA! — AK gritou e pulou do telhado do celeiro. Rudge correu até Vike e Flame, ajudando-os a sair da linha de fogo cruzado. — Pra trás! — AK gritou para mim e Smiler. — Pra trás, porra!

Eu me levantei, correndo em direção à Klan enquanto AK, Rudge e Vike arrastavam Flame para fora do caminho das balas. Pulando na caminhonete, liguei o motor e senti os outros colocarem Flame para dentro. AK bateu com o punho no teto.

— Vai logo, caralho!

Meu pulso acelerou ainda mais enquanto a caminhonete derrapava pela estrada, os tiros soando como granadas explodindo, balançando o veículo enquanto nos atingiam. Vike, Rudge e Smiler apareceram logo atrás em suas motos, os três atirando rumo à Klan para nos dar a pausa que precisávamos para levar Flame de volta ao complexo.

TILLIE COLE

Passando minha mão pelo *cut*, peguei o celular e procurei um número.

— Tann? — Tank disse, um segundo depois.

— Flame foi baleado. A Klan estava no local de entrega e caíram matando em cima de nós. Flame levou um tiro depois de pirar. Chame Rider ou Edge ou quem for para o clube. Ele foi atingido na barriga. — Olhei no retrovisor para ver AK pressionando a ferida. Flame estava lutando contra o irmão. Seus malditos olhos negros estavam enlouquecidos enquanto o sangue jorrava sobre o banco da caminhonete.

— Flame! Puta que pariu! Fique parado, porra. Eu sei que você não quer que toque em você, mas, caralho, pense na Maddie. Se não estancar o sangramento, você vai morrer, porra! Você quer isso? Quer deixar a Madds sozinha sem você?

O corpo de Flame se acalmou, mas eu podia ver suas narinas dilatadas com sua respiração acelerada. O filho da puta estava próximo de pirar completamente.

— Tann? Tann, você ainda está aí? — A voz de Tank soou através do meu celular.

— Sim. Porra, Tank. Eles vieram do nada. Estávamos fazendo a entrega e eles surgiram do nada e começaram a atirar. Arizona e Gull estão mortos. Balas na cabeça e enviados para o barqueiro. Eles não tiveram a menor chance. É melhor avisar ao *prez* deles.

— Puta merda. Quanto tempo até vocês estarem aqui? Precisam de reforços?

— Não. Estamos a apenas dez minutos. Fiquem prontos para o caso de estes idiotas estarem na nossa cola. Eu aviso se der alguma merda.

Desliguei e voei para casa. Slash, o primo recruta de Smiler, estava no portão. Kero, irmão de Arlington, estava de guarda ao lado dele. Atravessamos o portão, com Vike e Smiler em nosso encalço. Parei a caminhonete e saí.

— Me ajudem a tirá-lo daqui — AK disse.

AK e eu levantamos Flame da carroceria da caminhonete no momento em que Styx e Ky saíram correndo pela porta do clube.

— *Levem ele para dentro* — Styx sinalizou, Ky expressando as palavras do *prez*. Levamos Flame até a sede do clube, para o cômodo que havíamos criado como uma sala médica no minuto em que a guerra foi declarada pela Klan e o cartel. O que era bom, porque estávamos sendo atacados por todos os lados há semanas.

Logo depois que colocamos Flame na maca, Edge chegou com sua maleta médica. O irmão havia sido um cirurgião de trauma no exército antes de se perder por um tempo, o que o levou a ser internado em um hospício. Quando saiu, decidiu que gostava de usar suas habilidades em cortar pessoas tanto quanto gostava de curá-las. Ele se juntou à filial de Arkansas e rapidamente se tornou um dos irmãos mais cruéis de lá. Ele tinha um olho azul e outro castanho. E apenas no caso de ninguém ter percebido que o cara já era louco, ele tingiu o cabelo de branco do lado de seu olho azul; e do lado de seu olho castanho, as mechas eram pretas. Mas não importa o quão fodido na cabeça ele era – e que o nível de insanidade poderia provavelmente até mesmo ganhar de Flame –, o irmão tinha sido uma bênção desde que chegou aqui com o pessoal da sua filial.

Ele amarrou seu longo cabelo e se inclinou sobre Flame. O louco olhando para o pirado. Flame rapidamente entrou em seu modo psicótico e começou a se debater na cama, tentando alcançar suas facas para atacar Edge. Mas o cara era bom no que fazia e, até mesmo mais do que apenas bom, não se deixava perturbar por nada e nem ninguém. Nem mesmo Styx fez esse cara hesitar. Mesmo que a porra do sorriso enlouquecido que ele ostentava vinte e quatro horas por dia, sete dias por semana, fizessem você pensar o contrário.

— Ferimento na barriga? — Sua língua umedeceu os lábios. O filho da puta parecia ficar de pau duro com a visão de pessoas agonizando.

— Tiro. Atiradores de elite... — AK começou a discorrer sobre o ferimento de Flame.

Rider atravessou a porta, passando a mão pela cabeça raspada. O irmão ainda não havia sido aceito por metade do clube, mas era um bom médico, então Styx permitiu que ajudasse quando necessário. Ele parecia trabalhar bem com Edge, o que já era a porra de um milagre por si só.

— O que temos? — perguntou para Edge, e os dois começaram a trabalhar no ferimento de Flame, cortando suas roupas. Eu vi nos olhos de Flame antes de ele reagir. Vi a raiva em seu olhar negro antes que ele empurrasse Edge e Rider para longe, pirando para sair da maca. AK e Vike tentaram contê-lo, mas o irmão tinha perdido a porra da cabeça.

— Precisam que eu desça um soco na cara dele? Nocautear o idiota? — Rudge perguntou, levantando o punho que frequentemente nocauteava seus adversários em lutas sem luvas. Ou, mais frequentemente, os matava.

Balançando a cabeça, me apressei em ajudar a manter Flame na maca.

TILLIE COLE

Edge se aproximou com uma agulha e seringa, seus olhos díspares iluminados com entusiasmo. De repente, Maddie e Lil' Ash atravessaram a porta.

— Flame! — Maddie correu em direção ao marido, empurrando Edge para fora do caminho. Flame se acalmou no minuto em que a viu. — Saiam de cima dele — ela advertiu a todos, a voz tensa. Eu recuei; AK e Vike fizeram o mesmo. Edge foi puxado para trás por Styx. Eu saí do caminho e apenas observei o desenrolar da cena. — Baby... — Maddie disse, colocando a mão na bochecha de Flame. Seus malditos olhos arregalados focaram em sua esposa e não se moveram. Sua respiração estava pesada, mas se acalmou quando Maddie falou com ele. Lágrimas rolaram por suas bochechas, mas sua voz estava firme:

— Maddie — Flame sussurrou, e ela beijou sua cabeça.

— Baby, você está ferido, e precisa deixar Rider e o médico o curarem.

Seus olhos estavam perdendo a vivacidade. Seu sangue estava escorrendo pela maca, e o filho da puta estava a ponto de desmaiar. Maddie segurou sua mão, e ele voltou a se focar nela.

— Eu ficarei contigo — ela disse. — Não sairei do seu lado. E estarei aqui quando despertar.

Flame suspirou, então seus olhos começaram a fechar. Edge e Rider estavam inquietos, esperando para chegar até ele. Eu não era médico, mas não achava que aquele ferimento o mataria. Eu tinha visto homens voltarem de ferimentos dez vezes piores no exército.

Assim que Flame desmaiou, Edge e Rider começaram a trabalhar no ferimento. A maioria dos irmãos saiu dali, mas eu não conseguia desviar o olhar de Maddie. Porque a cadela disse a Flame a porra da verdade. Ela ficou ao lado de seu marido, com os dedos entrelaçados, afagando sua cabeça. Ela estava sussurrando em seu ouvido, e meu peito quase se despedaçou com a visão.

Meus olhos se fecharam e as mãos cerraram em punhos. *Estou aqui, mi amor. Estou aqui... Eu nunca vou deixar você...* Eu podia sentir a mão de Adelita na minha; podia sentir seu dedo na minha bochecha, e o cheiro do seu perfume. Eu podia sentir o aroma como se estivesse perto de mim. Como se *ela* estivesse bem ao meu lado...

O som do chão rangendo me fez abrir os olhos rapidamente. Uma mão apertou meu ombro. Tank.

— Você está bem?

Assenti com a cabeça e me virei. AK e Vike ainda estavam atrás de mim, observando enquanto Edge e Rider tratavam de Flame. AK estava com a mão no ombro de Ash. O garoto estava pálido e com os olhos tão negros quanto os de Flame, vidrados no irmão naquela maca.

— Styx está convocando uma reunião da *church* em trinta minutos — Tank disse e olhou para mim. — Vamos beber alguma coisa.

Fomos em direção à porta.

— Vamos, Ash. — Ouvi AK dizer. — Vamos deixar eles trabalharem. — Fez uma pausa. — Ele vai ficar bem. Flame não vai deixar você ou Maddie. Nem mesmo o próprio Hades é capaz de levá-lo.

— Eu vou ficar.

— Ash...

— Eu disse que vou ficar, porra! — sibilou o garoto.

Foi a primeira vez que ouvi uma raiva assim vindo dele. Quando olhei para Ash, vi a porra da morte em seus olhos negros. O garoto estava malhando pesado todos os dias, ficando cada vez maior. E com as novas tatuagens de chamas que adornavam seu pescoço, e os *piercings* que havia começado a perfurar no rosto, ele estava ainda mais parecido ao irmão. Parecia que o garoto tinha mais dos traços psicóticos de Flame do que havíamos pensado.

Desde o minuto em que conheci aquele garoto, senti algo obscuro dentro dele. Como se fosse necessário apenas mais uma merda em sua vida para que o verdadeiro Ash viesse à tona. O garoto parecia quieto, mas ouvi falar de seu passado. As coisas fodidas que foram feitas pelo pai dele e de Flame. Claro, isso não significava que ele era automaticamente fodido das ideias; pessoas haviam sobrevivido a coisas piores e tinham se saído bem. Mas sempre que alguma coisa acontecia com Flame ou Maddie, ou mesmo AK – pessoas de quem Ash era próximo –, algo mudava em seus olhos escuros. Algo que estava a um milhão de quilômetros de distância do garoto gentil que todos conheciam.

Tank deu um tapinha nas costas de AK.

— Deixe o garoto. É o irmão dele. Ash quer ficar com Flame e Madds. Você sabe como ele é.

AK apertou o ombro de Ash antes de se afastar. O rosto de Beau surgiu em minha mente por um segundo. Mas antes que meu peito pudesse se partir ainda mais e me deixar paralisado, afastei a imagem da cabeça. Tank deve ter visto que algo estava errado, porque passou um braço em torno de meu pescoço e disse:

TILLIE COLE

— Uísque, Tann. Agora.

Eu o segui até o bar, de onde podia ouvir as vozes alteradas. Quando nos aproximamos, senti imediatamente a tensão no ambiente. O *prez* de Arizona e Gull apareceu para buscar os corpos de seus irmãos. Caminhamos até o nosso grupo da sede. Zane, um recruta e sobrinho de AK, estava atrás do balcão. Vi quando ele suspirou fundo de alívio assim que viu AK caminhar em sua direção. O irmão se inclinou sobre o balcão do bar e beijou a cabeça do garoto, dizendo sem palavras que estava bem.

Eu não aguentava essa merda. Toda a coisa da família, de *old lady*... Ver isso todos os dias era como um câncer me comendo por dentro. Esfregando na minha cara o que eu não possuía.

— Zane. Garrafa de uísque — a voz de Tank soou perto de mim. Sentei em um banco no balcão, longe de Bull, Hush e Cowboy. Eu não era bem-vindo naquela mesa. Podia ver Bull e Hush sempre me observando. O maldito nazista que eles foram forçados a deixar entrar em suas vidas. — Ignore — Tank disse. Fechei os olhos, em seguida voltei a abri-los quando Tank colocou uma dose na minha frente. Virei tudo de uma vez.

O ruído do bar desapareceu ao meu redor quando meu amigo perguntou:

— Você viu algum deles? — Concordei com um aceno e Tank me serviu outra dose. — Você conhece eles?

— Sim.

— Você os treinou?

Fiz uma pausa, deixando a culpa se infiltrar. A culpa que eu merecia.

— Sim.

Tank colocou a mão nas minhas costas. Tomei outra dose, esperando o uísque me entorpecer, e apoiei o copo vazio sobre o balcão.

— Mas eles têm truques novos.

Ele não falou por alguns segundos. Eu sabia que estava julgando se eu poderia lidar com isso. Então ele disse:

— Beau. — Não foi uma pergunta.

Esfreguei os olhos. Eu estava cansado, mas meu corpo nunca me deixava dormir. Em vez disso, nas horas mais escuras, meu cérebro decidia reviver cada merda que já fiz e da qual me arrependia. Gritando para mim que, fora Tank e Beauty, eu não tinha ninguém. E pior... que meu irmão, meu melhor amigo, agora comandava os soldados aos quais fui criado para liderar. Beau, que havia me idolatrado de tal forma que seguiu meus passos e se alistou no exército, apenas para sair e me encontrar ao lado de seus inimigos.

Beau, que agora estava usando todo o seu conhecimento tático e militar para travar uma guerra contra mim. Porra, nem tive a chance de me despedir dele antes de dar o fora da Klan para sempre. Apenas fui embora e o deixei. Ele não tentou me encontrar. Nunca mais ouvi falar do meu irmão desde que ele voltou para casa.

Estava claro que ele sempre seria da Klan. Ele ainda acreditava na ideologia. E, sem dúvida, não me via mais como seu irmão, e, sim, como um traidor de sua raça.

Ele deveria me odiar agora. Meu próprio irmão me odiava.

— Eles são bons — informei a Tank. — Eles são realmente bons, tipo, pra caralho. — Tomei outra dose, me certificando de que ninguém havia escutando. E não havia. Todos estavam ocupados demais lidando com seus próprios papéis nesta guerra.

Fiquei olhando para o copo vazio em minhas mãos.

— Sei que os Hangmen são fortes e que seu alcance é incomparável. E que têm um monte de ex-militares. Malucos que matariam apenas por diversão. Mas hoje… — Balancei a cabeça. — Porra, Tank. Por semanas estamos sendo alvo da Klan. E todas as vezes eles foram organizados, mobilizados e treinados para fazer exatamente o que se propuseram a fazer. — Dei uma risada desprovida de humor. — Ele conseguiu. — Tank olhou para mim. Eu podia dizer pela expressão de seu rosto que ele sabia exatamente o que eu estava a ponto de dizer. — Meu pai. Seu sonho se tornou realidade. Ele tem um exército supremacista. Um que pode realmente fazer o que ele quer: iniciar uma verdadeira guerra de merda. — Sacudi a cabeça, a culpa pesando em meu âmago. — E eu sou responsável por criá-lo. — Tank serviu outra dose de uísque. — Destruidor de mundos.

Tank sorriu.

— Citando *Oppenheimer*? Você está pegando pesado, irmão. Vamos culpar o uísque.

— É verdade. Eu criei uma bomba nuclear para a Klan, e agora verei essa porra explodindo de camarote. — Minha garganta começou a fechar, mas consegui continuar: — Verei meu irmão, meu irmãozinho, sendo a pessoa a dar a ordem.

— Nós vamos detê-los, Tann. — Tank gesticulou para os irmãos de todas as filiais do sul, ali no bar. — Temos homens. Nós temos coragem. — Apontou para si mesmo, depois para mim. — Temos a *nós*. Conhecemos a Klan. Talvez precisemos apenas começar a pensar dessa forma novamente.

TILLIE COLE

Para descobrir quais seriam seus planos.

Outra dose de uísque, e o entorpecimento desta vez se espalhou pelas veias. Alonguei o pescoço, os músculos relaxando quando a bebida começou a surtir efeito.

— E temos o seu contato, não? Você ainda tem alguém de dentro que está ajudando?

— Sim. — Eu tinha.

Wade Roberts. Seu pai era um dos melhores amigos de Landry até que morreu alguns anos atrás. Wade era do círculo íntimo e queria sair, mas, ao contrário de mim, não tinha o incentivo para isso. Ele decidiu que era melhor acabar com a Klan de dentro do que do lado de fora, sem a perspectiva de uma vida e sempre com um alvo na cabeça por desertar a causa. No começo não sabia se podia confiar nele; mas ele se mostrou confiável todas as vezes.

— Ele não me avisou sobre hoje — E eu descobriria o porquê.

A garrafa já estava quase vazia quando Zane se aproximou de Tank e disse que Ky estava chamando os irmãos para a *church*.

— *Church*! — Tank gritou assim que o garoto desligou a música. Esperei até que os irmãos tivessem ido, seguindo logo atrás. A sala estava lotada, mas todo mundo tinha uma cadeira. Styx estava sentado na frente, quieto como sempre, mas seus olhos flamejavam.

Ele tinha acabado de levantar as mãos para falar quando o *prez* de Arizona e Gull irrompeu pela porta.

— Eles os penduraram em árvores. Como se tivessem sido linchados — ele disse; seus olhos estavam vermelhos e arregalados com a fúria.

Fechei os meus brevemente.

— *Amarrem eles* — *eu disse.*

Sorri enquanto os corpos de nossos velhos irmãos da Klan começaram a balançar nas árvores, o vento forte movendo-os para frente e para trás, como pêndulos.

Charles pegou uma lata de spray de tinta e desenhou a cruz e o círculo – nosso símbolo de poder branco. Isso ensinaria aos filhos da puta a não nos deixarem ou tentarem nos ferrar com os federais.

— Deixem eles aí — ordenei. — Deixem que as pessoas os encontrem. Deixem que saibam que ninguém fode com a Klan.

Quando abri os olhos, encontrei Tank me observando. Ele deveria saber que eu estava lembrando do que costumávamos fazer... porque ele tinha estado lá um monte de vezes. Ele esteve ao meu lado.

Quando a sala voltou a entrar em foco, os irmãos estavam todos falando um sobre o outro, irritados pra caralho. Um assobio calou a todos. Styx se levantou, seus olhos observando a cada um, dizendo para nos calarmos ou ele iria fazer isso por nós. Quando todos se acalmaram e voltaram a se sentar, Styx ficou de pé.

Seus olhos se fixaram em mim. Ele ergueu as mãos e Ky falou por ele.

— Precisamos saber tudo sobre eles. Nós precisamos saber como eles estão organizados, o treinamento que tiveram, no que acreditam. Tudo. Nós precisamos entrar na mente desses filhos da puta.

A sala estava imersa em um silêncio mortal e, um por um, todos os irmãos olharam em minha direção.

— Styx... — Tank começou a falar, mas balancei a cabeça para o meu melhor amigo.

Eu precisava fazer isso. Eu tinha visto os olhares que recebi dos irmãos nas últimas semanas. Eles suspeitavam de mim. Não tanto meu próprio grupo, da sede, mas os outros. Toda vez que havia um ataque, eu era questionado sobre como eles saberiam onde nós estaríamos, quantos de nós estariam lá.

Tudo. Tank nunca recebia esses olhares. Ele pagou suas dívidas, não estava mais coberto de tatuagens nazistas, ao contrário de mim. Embora estivesse envolvido, Tank não tinha nascido para o único propósito de ser

TILLIE COLE

o herdeiro da Ku Klux Klan. Criado para ser o campeão da raça branca. Na casa dos Ayers, o ar que respirávamos era Klan, e apenas Klan.

Eu queria apenas cortar os laços e deixar toda essa merda para trás, mas não recuaria. Tudo isso? Foi minha culpa. Eu criei essa porra e precisava colocar um fim. O mínimo que eu poderia fazer agora era tentar salvar estes homens.

E eu não deixaria que eles pensassem que eu era fraco. Eu nunca faria isso.

— É chamado de império invisível — comecei, e podia quase inalar o persistente cheiro de fumaça de uma cruz queimando ao meu lado. Podia sentir o ar carregado com a causa, a necessidade da iminente adrenalina da guerra. Como se minha antiga irmandade uma vez tivesse olhado para mim, vestidos com túnicas verdes e parados diante da cruz de fogo, esses irmãos também estavam olhando para mim. Mas não como se eu fosse a porra de um messias. Aqui eu era mais como um suspeito. — Invisível porque estamos onde ninguém vê. Sem que alguém saiba quem somos. Estamos no meio da sociedade. Estamos entre vocês.

— Vocês têm bandeiras do lado de fora de suas casas e suásticas gigantes tatuadas em sua pele. — Alguns dos irmãos sorriram. — Dificilmente invisíveis — Smiler disse.

— E é com esses que vocês não precisam se preocupar tanto. — Eu me inclinei sobre a mesa. Meus dedos estalaram com toda a tensão em meu corpo. — Como já disse aqui na sede, os caipiras e os *skinheads* que brigam por diversão e protestam do lado de fora da prefeitura não são os que vocês precisam temer. Eles são os peões, uma distração, fazendo vocês olharem para um lado, enquanto os verdadeiros soldados, o verdadeiro exército do império invisível, surge de onde menos esperam.

— Não tenho medo de nenhum de vocês — Crow, o presidente da filial de Nova Orleans, disse. O filho da puta estava sorrindo, jogando os dados que sempre carregava consigo.

— Deveria.

Crow sorriu. Na verdade, todos eles sorriram. Aquilo fez meu sangue ferver.

— A Klan... eu, meu irmão, meu pai, meu tio, durante todas as nossas malditas vidas, fez com que as pessoas pensassem dessa maneira sobre nós. Para nos fazer parecer uma piada. Mas, em segredo, construímos um império de homens pensantes. De homens e mulheres que permitiam que tais idiotas fossem a linha de frente, enquanto nós, a verdadeira irmandade, atuava por trás.

— Nós? — Eu me virei para Hush. Cowboy estava com a mão apoiada no ombro do amigo. — Você fica dizendo *nós*.

Eu disse? Meu coração pulou uma batida. Não quis dizer *nós*. Não penso mais em mim como sendo parte da Klan. Não mesmo.

— Eles — murmurei, sentindo o estômago embrulhar. — Eu quis dizer *eles*.

Hush não desviou o olhar em nenhum momento. E eu sabia por quê. Membros de merda da Klan haviam matado seus pais. E ele os tinha visto morrer; tinha visto queimarem.

— Eles — repeti, toda a energia drenando do meu corpo. — *Eles* são uma unidade organizada… — parei, me impedindo de dizer como os homens da Klan foram tão bem treinados.

Mas qual era a porra da razão? A maioria destes irmãos ainda pensava em mim como um nazista de qualquer maneira, e me viam como o Príncipe Branco, não importava o quanto eu tentasse acabar com essa imagem.

— Eu os treinei — admiti e senti Tank retesar o corpo ao meu lado. Ele amava este clube, mas também escondeu muita coisa deles por minha causa. Nem mesmo contou a eles quem eu era até que alguns membros da minha antiga irmandade sequestraram a *old lady* de Ky para levá-la de volta à seita com quem costumávamos fazer negócios. Eu sabia que ele não queria que eu dissesse a todos estes Hangmen que fui eu quem tornou aqueles homens no que eram hoje. Os soldados. E que Beau havia assumido as rédeas de onde deixei e os tornou imbatíveis.

— Eu os treinei, junto com alguns ex-membros do exército. Eu os tornei o que eles são hoje.

— Tanner. Acho que é melhor você sair da *church* neste exato momento. — Olhei para Ky. Ele não estava falando por Styx, estava falando por si mesmo. Styx estava apenas olhando para mim.

— Vem, Tann. Vamos.

Tank me levou para o corredor. Sua mão ficou no meu ombro até que chegamos no meu quarto e eu me sentei na cama. Inclinei a cabeça e olhei para o chão de madeira. Havia anos e mais anos de marcas no piso, mostrando o quão antigo este clube era. Quantos irmãos tinham passado através dessas portas? Quantos homens com passados fodidos? Precisando da vida fora da lei, ferrados demais para serem normais.

TILLIE COLE

— Não sei como fazer isso — eu disse, por fim. Minha voz soou como um trovão no quarto silencioso. Levantei a cabeça para ver Tank ainda imóvel. Ele passou a mão sobre a cabeça raspada e tive um vislumbre da sua cicatriz.

Lembrei de esperar por ele do lado de fora da prisão quando ele foi solto. Quando saiu da Klan. Eu fiquei tão puto com ele. Dedurar Landry na prisão por causa de um garoto com quem ele dividia a cela, e a quem Landry tinha planejado matar. Eu estava tão irritado por ele dar as costas ao que estávamos construindo. Não conseguia entender como ele tinha perdido a fé em nós – a porra da Ku Klux Klan.

Seu lar. *Nosso* lar.

— Não sei como deixar definitivamente para trás essa vida... ela tem sempre uma maneira de me encontrar. Não importa o quanto me esforce.

Tank suspirou, seus ombros relaxando. Agora eu já sabia como decifrar meu melhor amigo. Ele estava sentindo pena de mim. Eu não queria a sua maldita pena. Só precisava saber como seguir em frente. Para ser livre.

— É tudo o que conheço. Eu nasci e fui criado para ser o perfeito Príncipe Branco. Eu era espancado se ousasse falar com alguém que não fosse da raça branca. Você me conhece, Tank. Eu estava completamente naquilo. Fui criado para nem mesmo cogitar qualquer outra forma de pensamento.

— Eu sei.

— Não acredito na retórica. Não mesmo. — *Mi amor, esqueça o que sempre lhe foi dito e apenas sinta...* A voz rouca de Adelita surgiu em minha mente, e a sensação de frio mortal que residia em meu peito pareceu aquecer imediatamente. Só de pensar em seus olhos escuros, seu longo cabelo preto... sua voz, as mãos em meu peito quando eu mais precisava dela... — Eu não acredito nisso.

— Você é um Hangman agora. Oficializado.

Assenti, concordando.

— É difícil pra caralho. — Passei a mão pelo queixo e fechei os olhos com força. — Estou em uma guerra de merda com meu irmão... e com a família da cadela que eu mais quero na vida. A cadela que amo pra caralho... mas que não vejo há dois anos — suspirei, sentindo a garganta apertar. — Nem sei se ela ainda me quer. — Dei uma risada para disfarçar o nó enorme que se alojou ali. — Por que ela ainda iria me querer? Ela é perfeita, inteligente, engraçada. Ela é tudo. Eu sou o herdeiro da Klan.

Ou ela, provavelmente, ainda pensa que sou. Não chego nem aos pés dela. Ela está melhor sem mim.

Tank se aproximou e deu um beijo na minha cabeça.

— Tann. Eu sei que você não pensa mais que as merdas da Klan são verdade...

— Os outros irmãos pensam que sim — interrompi. — Talvez não o nosso pessoal, da sede. Mas você tem que ver como os outros olham para mim.

— Eles que se fodam. — Ele se sentou ao meu lado. — Quando vim pra cá, demorou um tempo para se acostumarem comigo. Eles também não confiavam em mim. Mas verão a verdade.

Eu me virei para encarar Tank.

— Não acredito que possa matá-lo... Se chegasse a isso.

— Beau?

Assenti com a cabeça.

— É ele quem está liderando a Klan agora. Ele é quem está vindo atrás de nós. — Respirei fundo. — Porra, Tank. É ele quem precisa ser morto para realmente foder com a Klan.

Tank apoiou a mão na minha cabeça, mas não disse nada. O que ele poderia dizer? Ele sabia que era verdade. Meu irmão tinha que morrer. Tank se levantou.

— Eu preciso voltar para a *Church*. — Ele me olhou de uma forma estranha. — Você vai ficar bem? Quer ficar comigo e com a Beauty por alguns dias? Ficar longe deste lugar?

— Não. Vou entrar em contato com o meu contato na Klan e tentar descobrir que merda está acontecendo.

— Tem certeza?

— Sim. Obrigado.

Tank foi embora, e fui para o meu computador no canto do quarto. Entrei na caixa de entrada e enviei uma mensagem para Wade.

Que porra aconteceu hoje?

Tive que esperar apenas alguns minutos até que ele respondesse.

Estive fora, merda do círculo interno. Acabei de chegar. Não sabia que eles estavam planejando algo. Novo Dragão assumiu a liderança. Ex-fuzileiro naval, sabe das coisas. Vou ficar por aqui

TILLIE COLE

por um tempo, a menos que o seu pai me chame. Vou ficar de
olho e avisar se alguma coisa acontecer. Sei que pisei na bola.
Não vai mais acontecer.

Olhei para o e-mail e me perguntei pela milionésima vez se o cara estava me passando a perna. Mas as informações de Wade tinham sido verdadeiras com muita frequência para eu duvidar dele.

Finalmente, escrevi:

Certifique-se disso.

Os Hangmen estavam pagando Wade muito bem em troca de informações. Dinheiro que poderia tirá-lo de lá quando chegasse a hora.

Fiquei com as mãos pairando sobre o teclado antes de finalmente digitar:

Beau ainda no comando?

Meu coração batia como um maldito bumbo no peito enquanto esperava pela resposta.

O filho da puta está determinado a destruir vocês. Nunca pensei
que veria o dia em que Beau falasse mais do que algumas
palavras ou parasse de se esconder. Agora ele é como Hitler
louco no crack...

Fechei os olhos e respirei fundo. Eu também não podia acreditar. Beau era brutal. Trazido ao mundo para ser como eu. Cruel. Inteligente, mas muito mais reservado. Como segundo na linha, ele podia se dar ao luxo de ser assim. Ele era tranquilo; um pensador. Mas tão quieto que você não sabia o que estava planejando.

Ele é letal, Tann. Letal pra caralho. Seja lá o que estava adormecido
dentro dele por todo esse tempo, acordou e enlouqueceu.

Li o e-mail uma e outra vez, até que empurrei a cadeira para trás e me afastei. No entanto, enquanto fazia isso, o colar que eu mantinha no bolso da calça jeans roçou contra a minha perna. Enfiei a mão no bolso e tirei a cruz dourada. O ouro manchado mal refletiu a luz. Era velho...

"Eu quero que você fique com isso, mi amor. Quero que o guarde. Pense em mim. Mesmo quando duvidar do quanto te amo, olhe para isso e saiba que também estou pensando de você. Também sentindo sua falta..."

Consegui ficar longe de um programa específico no meu computador por muito tempo. E como um homem em um deserto, desesperado por água, deixei meus dedos se moverem sobre o teclado e abrir a tela. Cerrei a mão em um punho e fechei os olhos. Eu sabia que não deveria pressionar a tecla *"play"*. Mas nada me manteria longe dela por mais um minuto.

Então apertei a porra da tecla.

No minuto em que meu olhar focou na tela, meu peito se contraiu e doeu como se eu tivesse levado uma marretada no esterno. Com o coração batendo forte, observei Adelita entrar no campo de visão da câmera. Paralisei quando ela se virou, segurando um livro, e seu rosto apareceu. Meus lábios se entreabriram e a respiração saiu ofegante da minha boca. Adelita sorriu para algo que estava lendo e minha mão se fechou novamente. Sua cruz dourada apunhalou a palma, mas dei boas-vindas à dor. Ela era a única coisa que fazia com que eu me sentisse vivo.

Isso, e ela. Sempre ela.

Seu cabelo escuro solto em volta de seus ombros, e os grandes olhos castanhos estavam brilhando. Sua pele, seu corpo... era tudo perfeito.

Levantei a mão livre e passei o dedo pela tela, sobre seu rosto. Seus lábios. Aqueles lábios... Eu podia sentir o seu gosto em minha língua, ouvi-la suspirar enquanto tomava aquela boca.

— Adelita. — Minha voz soou rouca.

Ela se virou naquele momento, como se pudesse me ouvir; mas não podia. Não nos falávamos há anos; era muito perigoso, muito arriscado para sua segurança. Mas isso não significava que ela não possuía meu coração sombrio durante todo esse tempo. A cadela o tinha na palma da mão. Ela era a única para mim. Sem ela, eu estava morto por dentro, e tenho estado assim por dois anos. Dois longos anos de merda sem tê-la em meus braços. Dois anos sem contato, me perguntando se ela ainda era minha. Mas sabendo, a cada novo dia que passava, que eu não era bom para ela.

Ela não precisava de mim em sua vida.

Nós estávamos em guerra.

Ela era linda, e merecia alguém que pudesse lhe dar mais.

TILLIE COLE

No entanto, mesmo sabendo disso, eu não podia ficar longe. Eu era um idiota egoísta, isso sim.

Não desviei o olhar da tela. Eu não me movi, mesmo quando ela saiu do campo de visão da câmera. Observei a tela escura, procurando por qualquer sinal de movimento até que a noite se tornou dia... ainda com sua cruz de ouro ainda em minha mão.

CAPÍTULO DOIS

ADELITA

México

O barulho de uma colher batendo em uma taça de champanhe afastou a minha atenção das rosas no centro da mesa. Pisquei, o jardim paisagístico voltando ao foco. Luzes foram colocadas ao redor da varanda, e todos os sócios do meu pai se sentaram à mesa comprida e extravagante. Olhei para Diego, que havia se levantado – Diego Medina, o braço direito do meu pai, e o garoto com quem eu tinha crescido.

Diego sorriu para todos. Ele estava vestido, como sempre, em um terno Armani, a camisa branca contrastando com a pele. A gravata azul-celeste pendia perfeitamente sobre o peito. Claro que a minha empregada havia escolhido minha roupa para combinar – elas sempre faziam isso, quando meu pai ordenava. Eu estava usando um vestido Armani de seda azul comprido até os pés. Meu cabelo caía em ondas soltas às minhas costas. Olhei para a mais nova namorada do meu pai. Ela também estava combinando com a gravata dele.

Lutei contra a necessidade de revirar os olhos. Nós, mulheres, estávamos ali como as perfeitas bonequinhas que meu pai havia nos tornado… um fato que me irritava todos os dias. Só que Charley Bennett, minha melhor amiga, estava tão frustrada com esse estilo de vida patriarcal quanto eu. Seu pai era sócio do meu. O senhor Bennett era o distribuidor de cocaína na Califórnia. Era de lá que eles eram; então não me encontrava com Charley tanto quanto gostaria. Ela estava sentada ao meu lado em um vestido rosa-claro, que combinava com o seu cabelo loiro, olhos cinza e uma pele perfeitamente bronzeada.

Enquanto a mesa ficava silenciosa, Charley estendeu a mão e sutilmente segurou a minha por baixo da mesa por alguns segundos antes de soltar. Vi seu discreto olhar nervoso. Seus olhos estavam arregalados de pânico. Charley não sabia sobre Tanner, mas sabia que meu pai estava me empurrando para Diego. E ela sabia que eu não o amava e não o queria como nada além de um amigo.

Diego pigarreou e concentrei-me de volta nele. Seus olhos escuros rapidamente se fixaram em mim. Congelei, desconfortável, quando ele não desviou o olhar. Ele deu o sorriso com o qual vi inúmeras mulheres caírem em suas graças ao longo dos anos. O sorriso que ele vinha me dando há anos, mas que eu tinha conseguido resistir.

Agarrei a taça de champanhe com mais força, sentindo, de repente, o nervosismo tomar conta do meu corpo.

— Todos que estão nesta mesa me conhecem como o braço direito de Alfonso Quintana. Vocês me conhecem como o homem que morreria por esta família, pelos nossos negócios. — Ele fez uma pausa, então se virou completamente para me encarar. Dei uma olhada rápida para o meu pai. Ele já estava me observando com um pequeno sorriso orgulhoso.

Um fogo começou a queimar em meu sangue e viajou diretamente para o meu coração, que estava batendo em um ritmo irregular e frenético, quando percebi o que estava acontecendo… quando percebi o que Diego estava prestes a fazer.

— O que muitos de vocês não conhecem é o homem que sou em particular. — Inclinou a cabeça para o lado enquanto ele me olhava com adoração. Com carinho. O mesmo olhar possessivo que sempre me dera desde a infância.

O aperto na minha taça de champanhe foi a única coisa que me impediu de desmoronar. De demonstrar meu nervosismo e medo. Mas eu era Adelita Quintana. Era filha do meu pai e nunca poderia, *nunca iria*, mostrar meu medo a ninguém. Nunca permiti que ninguém visse minha vulnerabilidade… a não ser um homem…

— O que vocês não viram foram os anos que se passaram enquanto eu amava e adorava certa mulher. A mulher que conheço desde que éramos crianças. Fomos criados juntos. — Ele riu e balançou a cabeça. — Brincamos juntos... e em todo esse tempo ela nunca me notou. Não até seis meses atrás, quando ela, finalmente, concordou em jantar comigo depois de milhares de recusas. E então nós nunca mais olhamos para trás.

Apenas nos beijamos algumas vezes, e mesmo assim, cada segundo parecia o pior tipo de tortura. Eu não podia mais escapar do maior desejo de meu pai e da persistência de Diego. Mas quando o beijei pela primeira vez, lembrei o último beijo que ganhei... um que ainda podia sentir, gravado em meus lábios como uma marca. A boca que ainda podia sentir o gosto. Os braços e corpo forte do homem que pairava em cima de mim...

Mas eu tinha que fingir. Porque ninguém sabia quem havia roubado meu coração. Ninguém sabia a quem eu tinha dado minha alma... até mesmo eu não sabia mais. Nenhum contato por mais de dois anos. Nenhuma palavra. Eu estava vazia por dentro. Morta. Apenas um homem poderia me trazer de volta à vida.

Um homem que eu não tinha certeza se ainda me queria. Um homem a quem nunca deveria ter amado e que nunca deveria ter me amado. Mas amamos um ao outro... muito, muito mesmo.

Diego respirou fundo e se dirigiu diretamente a mim. Lutei contra o nó na garganta que se formou só de pensar em Tanner. Dos seus olhos azuis e braços tatuados. *Eu amo você, princesa... Nunca se esqueça disso, mesmo quando eu não estiver aqui... Sempre vou te proteger... Vou encontrar uma maneira para ficarmos juntos... um dia... não importa quanto tempo leve...*

— Adelita Quintana, tenho amado você desde que tinha idade o suficiente para entender o que era o amor. — Diego caminhou em minha direção, depositando a taça de champanhe na mesa. Ele colocou a mão no bolso do terno e tirou uma caixinha de veludo preto. Encarei aquela caixa como se fosse a mesma coisa que destruiria minha alma. Senti os olhos de Charley me queimando, mas não conseguia olhar para ela, eu iria me despedaçar se fizesse isso.

Por fim, levantei a cabeça. Diego se ajoelhou, sob as luzes do jardim e com todos os sócios do meu pai olhando para nós. Meus olhos estavam ardendo com lágrimas, mas não me preocupei com isso; todos aqui diriam que era por conta da emoção do momento. E eles estavam corretos. Porém, eram lágrimas de tristeza, frustração e medo. Não de felicidade e exaltação.

TILLIE COLE

Meu sangue havia congelado, e os lampejos de alegria que eu, ocasionalmente, sentia, desapareceram por completo. Eu não sentia nada além do buraco que se formou com os dois anos de silêncio e ausência de Tanner.

De joelhos, Diego abriu a caixinha. O enorme diamante que ele oferecia cintilou sob as luzes.

— Adelita Quintana, você me daria a honra de se tornar minha esposa?

Senti o ar sendo sugado de meus pulmões enquanto assimilava as palavras. A brisa fresca ao meu redor pareceu congelar, como se Deus tivesse pressionado um botão para pausar o mundo apenas para me manter neste momento. Meu coração bateu em um ritmo que me instruía a recusar. Para me levantar e ir embora, deixando Diego com o anel que ele, orgulhosamente, oferecia. Mas um olhar sutil para o meu pai foi o suficiente para saber que nunca poderia fazer isso. Eu não poderia envergonhá-lo dessa maneira.

Soltei a taça de champanhe, o único objeto que estava me mantendo sã, me impedindo de desmoronar. E me inclinei para frente, segurando o rosto de Diego com as mãos. Eu não sabia se ele podia sentir o leve tremor em meu toque. Se notou, não disse nada. Fechei os olhos e me inclinei ainda mais para frente; quando meus lábios encontraram os dele, não senti nada. Nada além de um toque frio e sem graça. Eu não deixaria meu cérebro registrar seu gosto ou seu cheiro. E me recusava a deixar qualquer coisa expulsar Tanner do meu coração.

— Sim — sussurrei quando me afastei, disfarçando o tremor em minha voz; escondendo o meu coração partido.

Olhei novamente para meu pai e o vi sorrindo. Ele me deu um aceno discreto com a cabeça. E eu sabia o que aquilo significava: eu tinha me saído bem. Meu pai sabia que eu não queria me casar com Diego; ainda assim, deve ter planejado isso com ele – o filho que ele não tinha.

Eu amava meu pai e ele me amava. Ele era a única família que eu tinha. Nunca o contrariei. Mesmo como sua filha, eu nunca ousaria. Eu não era ingênua sobre os "negócios" da nossa família; na verdade, tornei minha missão entender cada faceta do que fazíamos. Éramos um cartel; e o meu pai era o maior chefe de cartel do país. Este noivado... ele não toleraria uma humilhação.

Diego colocou a aliança no meu dedo anelar da mão esquerda e depois pressionou os lábios aos meus. Os convidados aplaudiram, e meu pai se levantou, caminhando na nossa direção. Ele apertou a mão de Diego.

— Finalmente — disse, ao seu braço direito. — O filho que sempre quis vai ser juntar à família sob a bênção de Deus. — Ele se virou para mim e me abraçou. — Adelita — meu pai sussurrou. — Estou tão feliz por você. — Deu um tapinha nas minhas costas, dizendo sem palavras que eu não o havia desapontado. Foi um elogio e uma advertência.

Charley enlaçou meu pescoço, demonstrando o êxtase que era esperado que uma melhor amiga demonstrasse. Mas sua boca veio para o meu ouvido para que ninguém mais pudesse ouvir sua pergunta:

— Você está bem, Lita?

— Por favor... não agora — implorei em um sussurro, e forcei um grande sorriso enquanto me afastava de seu abraço. — Estou muito feliz, obrigada, Charley. — Ela desempenhou seu papel com perfeição... mas vi a simpatia em seus olhos tempestuosos. Assim como eu, ela era filha de um chefe do crime. Ela e eu tínhamos levado vidas paralelas e embora vivêssemos em países diferentes, éramos peças no mesmo jogo.

Era por isso que eu a valorizava como amiga. Mas agora, eu não poderia estar perto dela. Tinha que manter as emoções sob controle. A preocupação de Charley me faria desmoronar.

Fui puxada de abraço em abraço pelos convidados do meu pai. Do lado de fora, eu sorria, mostrando minha nova aliança de diamantes a eles, com orgulho. Mas por dentro... por dentro, meu sangue, coração e alma choravam.

Diego entrelaçou a mão à minha enquanto meu pai se afastava para cumprimentar seus convidados.

— Um casamento rápido — papai proferiu em voz alta, e acabou com qualquer fiapo de força que ainda restava dentro de mim. O clima ficou sério quando ele acrescentou: — Dado ao recentes acontecimentos relativos aos nossos negócios, é melhor que esse casamento se realize em breve para evitar quaisquer complicações.

Fechei os olhos e respirei fundo. A guerra. A guerra contra o clube de motociclistas americano, o Hades Hangmen. O cartel Quintana negociava drogas, principalmente cocaína. Pegamos uma aldeia rural pobre e a transformamos em um império. Mas, para minha irritação, como mulher, fui mantida longe do funcionamento interno da operação do meu pai.

Era por isso que ele gostava tanto de Diego. O pai dele havia sido o melhor amigo do meu. Ele foi morto a tiros por Faron Valdez, um cartel rival quando Diego era apenas um menino, e meu pai tinha praticamente o adotado. Mas ao contrário de Diego, eu nunca tinha participado das

TILLIE COLE

reuniões fechadas. Fui relegada a ser uma obra de arte exposta em frente aos moradores e trabalhadores.

Eu sabia que estávamos em guerra. Não podia ir a lugar nenhum sem monitoramento e proteção constantes. Eu era um alvo fácil. Não conhecia esse clube, mas, pelo que Carmen, minha empregada, me disse quando conseguiu algumas informações dos outros funcionários, a reputação era muito ruim. Esta não era a primeira vez que entrávamos em guerra desde que eu tinha idade suficiente para entender o que aquilo significava. Mas cada vez era mais difícil. Porque pessoas morriam. E eu temia que, um dia, poderia ser meu pai... ou até mesmo eu. Então eu queria saber tudo o que podia sobre o Hades Hangmen – sua hierarquia, estrutura, suas fraquezas, no caso de um dia não ter mais ninguém para me proteger deles.

Eu queria ser capaz de fazer isso por conta própria.

O jantar mudou de uma reunião de sócios para uma festa de noivado. Eu não poderia ter dito que tipo de comida era ou qual o gosto da sobremesa; estava entorpecida, sorrindo e respondendo a perguntas quando questionada, mas certamente meu espírito não estava presente. Meu corpo operava no automático enquanto a mente tentava encontrar uma maneira de entrar em contato com Tanner. Para dizer a ele que tudo dera errado. Para ver se... Arfei, sedenta por ar, sentindo uma pontada tão forte no meu peito que doía... para ver se ele ainda me amava. Se ele ainda me queria como eu o queria.

Para lhe dizer que o nosso tempo havia se esgotado, se fôssemos destinados a ficar juntos.

E meu coração... meu coração estava se despedaçando, cada milímetro que se partia me obrigava a respirar fundo enquanto a agonia tomava conta do meu corpo inteiro. O tempo todo em que eu temia desmoronar, Diego nunca soltou minha mão, levando-a até sua boca para beijar enquanto conversava com os homens do cartel durante o jantar.

Assim como meu pai, ele não era um homem para se contrariar. Eu tinha ouvido os rumores, e Charley me informou sobre algumas outras coisas. Algumas atividades em que ele se envolveu na Califórnia quando esteve lá para lidar com os "negócios da família". Do que ele fez com suas amantes anteriores. A dor que eu tinha ouvido falar que ele havia infligido a elas. A aspereza com que lidou com cada uma. Diego era um homem agressivo. Comigo apenas tinha sido gentil, mas era temido pelos homens desta mesa. Até meu pai, devido à idade, queria mantê-lo por perto, pois não valia a pena arriscar o contrário.

Se eu fosse honesta comigo mesma... Admitiria que também o temia. Temia o que aconteceria caso o recusasse. Eu nem conseguia pensar sobre o assunto.

Sempre senti algo instável dentro dele. Sempre o mantive à distância, mas agora eu estava firmemente presa em seu abraço... e tinha que encontrar uma maneira de sobreviver ao sufocamento.

Diego foi ousado em me pedir em casamento aqui. Foi a sua melhor jogada. Isso era o mais próximo possível que se podia chegar de meu pai. Esse noivado o firmaria em seu lugar. Meu pai não era ingênuo quanto a isso. Ele sabia que Diego sempre me quis. E, para garantir sua lealdade inabalável, ele me jogou para os lobos. Eu não sabia como sair dessa situação, como romper esse noivado. Nem mesmo sabia onde Tanner estava. Sabia que meu pai e Diego ainda trabalhavam com a Klan. Mas eles não vieram mais à nossa casa. Todos aqueles meses com Tanner, sendo capaz de tê-lo na minha cama, ao meu lado, haviam ficado para trás.

Senti meu sangue gelar quando pensei no inevitável. O dia em que a Klan e o cartel iriam entrar em guerra um contra o outro. Este acordo que eles tinham não duraria muito – não podia durar muito. *O inimigo do meu inimigo é meu amigo.*

Uma vez que os Hangmen fossem eliminados, e quando o acordo que tinham finalizasse... a guerra irromperia. Seria cartel contra Klan. Uma briga para ser o poder mais forte no submundo do crime. Meu estômago embrulhou com esse pensamento. Saber que o homem que eu amava e minha família, as únicas pessoas que me importavam neste mundo, iriam querer matar um ao outro.

— Deixe-me acompanhá-la até sua suíte — Diego disse, ao se levantar da mesa. Ele me estendeu a mão e eu o deixei me guiar. Meu pai beijou o dorso da minha mão livre quando passei por ele. Sorri, mas apenas para manter as aparências.

Conforme nos aproximávamos do quarto que eu possuía na propriedade do meu pai, a pressão da mão de Diego aumentou. Ele fez com que nos apressássemos pelos corredores, os seguranças do meu pai parados ao longo do caminho para nossa proteção. Quando entramos na minha suíte, Diego me girou e me empurrou contra a parede. Meu coração disparou. Com os olhos arregalados, ele lambeu os lábios. Então agarrou meus pulsos e lentamente levantou meus braços acima da cabeça. Ele se aproximou dos meus lábios, mas virei o rosto no último segundo.

— Diego — sussurrei, fechando os olhos, tentando respirar. — Ainda não...

Ele recostou a testa à minha e pressionou seu corpo contra o meu; seu cheiro tomou conta do ar ao nosso redor, e pude sentir o aroma do vinho tinto em seu hálito. Ele tinha bebido bastante.

— Adelita — murmurou, frustrado. — *Cariño*... — Estremeci com o apelido. Eu não queria ser seu *cariño*. Não queria ser coisa alguma para ele. Diego afastou uma de suas mãos de meus pulsos e a deslizou pelo meu cabelo, sobre minha bochecha, até chegar ao meu peito. Gemi quando ele tocou meu seio.

— Diego...

— Shhh... — Sua mão apertou meu seio até que se tornou doloroso.

— Você está me machucando.

Ele sorriu, e não era um sorriso que já havia me dado antes. Sua atenção em mim sempre foi doce, cativante... Este sorriso era frio e cruel. O álcool tinha, claramente, dado controle ao homem perigoso dentro de si. Ele soltou meu seio, mas então sua mão começou a descer ainda mais. Minhas coxas se fecharam quando seus dedos roçaram sobre elas. Mas era inútil tentar impedi-lo. Ele era maior e mais forte do que eu. Diego era o homem mais determinado que já conheci.

— Você é provocadora, *cariño*. Sempre foi. — Balancei a cabeça, mas ele me calou novamente, com um sussurro áspero e agudo: — Um rosto feito por Deus para atormentar aqueles que andam com o diabo. — Sua mão tocou a carne entre minhas pernas.

Assustada, tentei afastá-lo, mas ele não se moveu. Prendi a respiração enquanto seus dedos deslizavam ao longo da minha calcinha. Senti seu comprimento rígido contra a minha perna. Meu lábio inferior começou a tremer de raiva. Mas eu não choraria. Eu não o deixaria me ver chorar. Homens como Diego ficavam com tesão só em ver as mulheres chorando.

Beijou meu pescoço e minha bochecha.

— Mas gosto que você nunca tenha sido tocada. Gosto do fato de você ser virgem e que eu serei o único a entrar nessa sua boceta para sempre — ele gemeu. — O primeiro *e* o último.

Arfei, chocada. Parei de respirar para que ele não pudesse notar que havia me tirado do sério. Que seu toque me enojava. Fechei os olhos enquanto ele deslizava a mão sob a minha calcinha. Eu precisava excluí-lo da minha cabeça. Para me afastar deste momento.

HERANÇA SOMBRIA

Apenas um rosto veio à minha mente, levando-me a voltar àquele primeiro dia...

— *Pai?*

— *Adelita, é você? Venha aqui, princesa.*

Entrei no escritório de meu pai. Eu tinha acabado de voltar depois de ter ido às compras com Carmen, e queria lhe mostrar a gravata que comprei para ele usar com seu novo terno. Mas, quando entrei na sala, um homem estranho estava sentado à mesa com meu pai. Isso não era nenhuma novidade; sempre havia homens entrando e saindo da propriedade.

— *Não sabia que você tinha companhia. Vou deixá-los a sós.* — *Quando fiz menção de me virar, meu corpo se chocou com alguém às minhas costas. Mãos fortes me firmaram no lugar, então, imediatamente, me soltaram. Quando olhei para cima, o maior homem que eu já tinha visto na vida estava diante de mim, usando uma camisa branca que se agarrava ao seu corpo musculoso, além de calça jeans e botas pretas. Ele tinha tatuagens por toda a pele e a cabeça raspada. As tatuagens subiam até o pescoço. Levei um minuto para perceber o que eram os desenhos. Mas sua simbologia rapidamente se tornou aparente.*

Tatuagens nazistas.

Um olhar severo de superioridade cintilou em seu rosto. Ele cruzou os braços sobre o peito enquanto olhava para baixo, para mim.

— *Adelita?* — *A voz do meu pai me fez virar.* — *Eles são nossos convidados. Ficarão nos aposentos de hóspedes enquanto fechamos alguns negócios ao longo dos próximos meses. Espero que seja cortês com eles enquanto estiverem em nossa casa.*

Minha pele arrepiou ao sentir a atenção dos olhos do homem atrás de mim.

— *Estes são William e Tanner Ayers. Pai e filho, do Texas.* — *Ouvi o tom na voz do meu pai. Eles estavam aqui a negócios, mas não confiava neles.*

Se eles estavam nos aposentos de hóspedes e não em um hotel aqui por perto, era para que seus homens pudessem ficar de olho neles, não porque meu pai tivesse uma necessidade repentina de bancar o anfitrião. Eles eram da Ku Klux Klan. Li este nome

TILLIE COLE

gravado na pele do braço de Tanner. O motivo da desconfiança de meu pai era óbvio; a Klan e os nazistas odiavam qualquer um que não fosse branco.

— Você pode mostrar os arredores para Tanner em seguida, enquanto seu pai e eu conversamos sobre negócios.

Meus olhos se arregalaram.

— O Diego não pode...?

— Diego vai ficar fora por um tempo, durante a maior parte da estadia dos nossos convidados. Ele estará de volta mais tarde.

Cuidando dos "negócios de família", com certeza. Algo sobre o qual eu não tinha permissão de saber nada.

Um aviso flamejou nos olhos do meu pai.

— Claro, será um prazer — eu disse, e dei ao señor Ayers um sorriso forçado. Virei, e fui imediatamente capturada pelo olhar duro e cristalino de Tanner Ayers. Eu podia quase ver a instantânea antipatia por mim emanando dele em ondas.

Tanner Ayers... O Príncipe Branco da Ku Klux Klan. E eu, Adelita Quintana, a princesa do cartel Quintana... isso seria interessante...

— Você será tão apertada — Diego disse, afastando a memória daquele encontro predestinado. — E nós vamos nos casar em breve... — Arfou, excitado. — Vou poder ver você sangrar por mim, *cariño*.

Por um momento, deixei uma fagulha de medo me atacar. Porque ele não veria isso. Eu já havia me entregado a um homem – apenas um. Diego nunca poderia descobrir isso.

De repente, ele parou, afastou a mão do meu centro e, em seguida, esmurrou a parede acima de mim.

— Mas ainda não — ele disse, com firmeza. — Por mais que me frustre não estar dentro de você, vou esperar até que estejamos casados. Quero que isso seja certo, com você. — Sua mão desceu até a minha bochecha e a acariciou suavemente. — Tenho te desejado por muito tempo para não ter você do jeito que deve ser tomada.

HERANÇA SOMBRIA

Diego esmagou sua boca à minha, um beijo tão brutal que poderia me deixar com hematomas. Ele se afastou rapidamente, então se virou e foi para a porta.

— Se eu não for embora agora, vou foder você, *cariño*. Vou te levar para a sua cama e te foder naquele colchão. — Deu um sorriso divertido. — E por mais que ele me ame, tenho certeza de que seu pai me mataria por deflorar sua menininha antes do casamento. Ele se esforçou muito para mantê-la pura.

Diego saiu, fechando a porta com um baque surdo. Escutei vinte e seis passos ecoando sobre o piso de mármore do corredor antes de sequer ousar respirar. Fechei os olhos, mas não consegui apagar a sensação de seu toque em meu corpo, seu perfume no meu nariz, ou do gosto de sua boca na minha. Corri para o banheiro, e escovei os dentes com tanta força que a água ficou vermelha com o sangue que arranquei das gengivas.

Fechando a torneira, me olhei no espelho. Meu delineador – que sempre garanti que estivesse perfeito – estava borrado. Assim como o batom vermelho em meus lábios.

Eu encarava a mulher diante de mim. A mulher que estava há dois anos sem o homem que amava. A mulher que não parecia mais como a garota inocente por quem Tanner Ayers se apaixonara. A mulher que *não* era aquela garota. Só de pensar em Tanner fez com que eu me sentisse mal. O pensamento de como seus olhos azuis aqueciam quando olhavam para mim. De como ele nunca sorria, mas que me brindou com um raro sorriso, só para mim, mesmo que por uma fração de segundo.

Lavei o rosto até que não sobrou nada de maquiagem. Pisquei enquanto contemplava, mais um vez, meu reflexo no espelho… e então deixei as lágrimas caírem. Meus ombros tremeram enquanto as gotas escorriam sem rumo, os soluços atormentando meu corpo e afrouxando meu controle sobre a compostura que mantive com tanto esforço. Virei a cabeça, afastando o olhar do espelho. Eu não me veria chorar. Não cederia. Eu tinha conseguido me segurar até aqui. Eu poderia ir mais longe… Eu poderia… poderia… Eu *deveria*…

Inclinei-me à frente, agarrando a pia de porcelana até que todas as lágrimas dentro de mim haviam sido derramadas. Ouvi o som de passos tarde demais para me recompor. De repente, meu pai surgiu no batente da porta. Respirando fundo, endireitei a postura e encarei seus olhos. Esperei que ele falasse. Seu terno estava perfeito, como sempre, não havia uma

TILLIE COLE

única ruga no tecido. Nem um fio de cabelo fora do lugar.

— Princesa — ele disse, com a voz baixa. Sua cabeça inclinou para o lado em simpatia, bem, seja lá o sentimento que ele poderia me dedicar nesta situação.

— Estou bem. — Limpei as lágrimas e pigarreei. Endireitei os ombros e inspirei profundamente.

Meu pai assentiu e gesticulou para que eu o seguisse até a área de estar da minha suíte. Sentei-me na poltrona em frente à dele, alisando a seda do meu vestido e, em seguida, levantei a cabeça. Meu pai se recostou, relaxado, mas me observando com atenção.

— Você poderia acabar com algo pior do que Diego, princesa. — Meu pai juntou as mãos e as apoiou em seu colo.

— Eu não o amo — afirmei, tentando ao máximo não perder a compostura.

Meu pai não gostava, em suas palavras, de mulheres histéricas. Mulheres que permitiam que as emoções comandassem suas ações. Era por isso que ele não tinha nenhuma mulher trabalhando para ele. Porque – por mais que me amasse – ele nunca realmente se abriu para mim.

Bastava dizer que meu pai acreditava que mulheres deveriam conhecer os seus lugares – abaixo dos homens.

Meu pai ergueu as mãos, mas estava lá, o lampejo de dor que sempre aparecia em seus olhos escuros quando eu mencionava a palavra amor. Minha mãe morreu no parto, e sua morte destruiu meu papai. Carmen me disse que, quando minha mãe era viva, os homens ao seu redor diziam que ele era feliz. Implacável, mas feliz com sua esposa. Quando ela morreu, disseram que a bondade e a simpatia que ele possuía morreram também. Só eu, sua filha, tinha vislumbres do homem que ele uma vez havia sido. Era por isso que eu nunca poderia odiá-lo pela maneira como ele, às vezes, me tratava. Eu era a razão pela qual minha mãe foi tirada dele. Eu era a razão de seu sofrimento.

E era a única família que ele tinha.

Nunca vi nenhuma fotografia da minha mãe. Foi muito difícil para meu pai manter as lembranças por perto. Eu não queria causar dor a ele, então aprendi rapidamente, quando criança, a não pedir para ver uma foto dela. Embora Carmen tenha dito que ela era a mulher mais bonita que já havia visto. Longo cabelo escuro, profundos olhos da cor do chocolate, linda e forte. Ela me disse que eu parecia apenas com minha mãe.

— O que o amor tem a ver com isso? — papai perguntou, e o último lampejo de esperança de que ele iria impedir esse noivado desvaneceu do meu coração. Ele olhou pela janela, a mente vagando para fora deste quarto e para outro lugar. — É melhor não amar demais, princesa.

Senti a parte inferior do meu lábio tremer com a angústia que ele estava sentindo. A sua, e a minha. Porque havia verdade em suas palavras. O amor que eu sentia por Tanner… Às vezes, nos meus momentos mais sombrios, eu me perguntava se este nível de amor, esse sentimento de posse, destruidor de alma, valia a pena toda a dor e sofrimento.

Era como ser amarrado no chão por uma corda inflexível, quando tudo que você queria fazer era se soltar e flutuar para longe.

Meu pai pigarreou e me deu um sorriso forçado. Ele estendeu a mão sobre a mesa para pegar a minha, seu polegar deslizando sobre o anel que Diego tinha colocado no meu dedo apenas algumas horas atrás.

— Ele é um bom homem. Forte. Um líder. Vai cuidar de você quando eu não estiver mais aqui para fazer isso. — Baixei o olhar, tentando controlar a raiva. Eu não precisava de um homem para cuidar de mim. — Ele a amou desde que você nasceu, princesa. — Balançou a cabeça com ternura. — Eu me lembro do dia em que ele te viu pela primeira vez. Diego estava apaixonado. Veio para ver você todos os dias. Ele a seguia o tempo todo, escutando cada palavra que você dizia. — Meu pai deu um pequeno sorriso e me forcei a fazer o mesmo.

Ele deu um tapinha na minha mão.

— Você pode não amá-lo ainda, Adelita. Mas o amará. — Levantou-se e beijou minha cabeça. — Você é uma boa filha. Forte. Inocente. E conhece o seu dever. — Entendi o que ele quis dizer nas entrelinhas. *Você se casará com Diego, independentemente da sua falta de sentimentos em relação a ele. Minha palavra é lei.* — O casamento acontecerá em três semanas.

O choque me deixou sem palavras. Eu estava paralisada, incapaz de me mover enquanto meu pai saía da minha suíte.

Carmen entrou segundos depois.

— Adelita — ela disse, baixinho. Fiquei de pé antes de ela se aproximar. Eu não podia deixá-la me tocar. Não poderia deixar que me confortasse. Eu desmoronaria…

— Vou ver o padre Reyes para me confessar. — Corri para o meu armário e me troquei.

Passei por Carmen sem falar mais nada e fui para a parte da frente da

TILLIE COLE

fazenda. Um carro já estava à minha espera; Carmen deve ter avisado.

— Igreja de Santa Maria — instruí o motorista. Ele começou a dirigir e puxei meu lenço sobre o rosto para impedi-lo de ver as lágrimas. Passamos pelas ruas e muitas lembranças se atropelaram na minha mente ao mesmo tempo. Eu não podia mais ver meu lar sem ver Tanner. Já não conseguia respirar sem respirar Tanner. Não podia mais sangrar sem sangrar por Tanner.

Cada batida do meu coração também pertencia a ele.

Quando paramos na pequena capela, deixei o motorista abrir a porta e me escoltar para o interior da igreja. As velas ainda estavam acesas, iluminando o ambiente escuro. Toquei as antigas paredes de pedra e sorri. Eu sempre me sentia mais segura aqui. Em paz.

Livre.

Deixei que as velas alinhadas me guiassem ao longo do corredor e pelas escadas até o local onde eu sabia que Luis estaria. Como sempre, ele estava curvado sobre seus livros.

— Adelita? — Eu o choquei. Ele olhou para o relógio na parede. — Você veio tarde.

Verifiquei se o motorista havia permanecido na porta principal. Quando me virei para Luis, meu único amigo de verdade que me restara aqui no México, desde a infância, deixei meus olhos se encherem de lágrimas e levantei a mão, mostrando o anel. Seu rosto empalideceu um pouco e seus olhos se compadeceram.

— Adelita — ele sussurrou. Balancei a cabeça. Luis era a uma pessoa com quem eu podia baixar a guarda. A única pessoa que realmente conhecia o meu verdadeiro eu, e…

— Tanner — sussurrei, e minha voz falhou em um arquejo sofrido. — Luis… e o Tanner?

Luis se apressou em minha direção e me abraçou. Chorei em seu ombro, ouvindo-o trancar a porta. Ele me deixou chorar até minhas pernas fraquejarem, e senti que toda a energia havia sido drenada de meu corpo.

Nós nos sentamos em seu pequeno sofá. Ele segurou minha mão, assim como tinha feito, anos atrás, quando me apaixonei pelo príncipe da Ku Klux Klan… quando Tanner teve que me deixar… e nos meses após sua partida, depois nos anos seguintes em que não tive notícias dele. Quando ele não voltou.

— Diego sempre foi determinado — Luis, finalmente, disse. Ele suspirou e me encarou; eu sabia que estava mostrando uma expressão cansada e desgastada. Luis apertou minha mão com mais força. — Quando?

— Três semanas — murmurei, com a voz rouca pela tristeza. Dei uma risada sem humor. — Tenho certeza de que você será avisado logo de manhã.

Luis era o padre que minha família usava – que todo o cartel usava. Meu pai o havia ajudado a alcançar seu objetivo de se tornar um padre – claro, ter alguém leal e com ligação com a família era algo ao nosso favor. Mas Luis também era meu amigo. E a única pessoa que sabia sobre mim e Tanner. Eu tinha contado a ele em confissão.

Luis assentiu.

— E você ainda não teve nenhuma notícia de Tanner?

— Não.

Luis passou a mão sobre seu rosto.

— Eu... Não sei como deter isso para você, Lita. Não tenho ideia de como impedir isso.

— Recuse — eu disse, brincando, mas desejando que pudesse ser verdade. — Se recuse a nos casar.

Ele se encostou em mim.

— Quem me dera poder fazer isso.

— Eu o amo — afirmei. O único outro som no ambiente além de nossas respirações era o do tique-taque do pequeno relógio na parede. — Eu ainda o amo, Luis. Muito. — Fechei os olhos com força. — Eu queria poder parar de amá-lo, mas não sei como. — Minha visão ficou turva com as lágrimas. — Eu só queria poder vê-lo. Queria poder falar com ele. Segurar sua mão... ver como ele está agora. — Sorri. — Se ele tem mais tatuagens, se deixou o cabelo crescer. — Meu peito doeu diante da dor de sua ausência. — Se ele parece mais velho... se ainda raramente sorri...

— Lita...

— Eu sei que é inútil, Luis. Sei que vou me casar com Diego, sei da vida para a qual estou destinada. — Eu o encarei. — Eu apenas precisava conversar com alguém que soubesse sobre nós. — Olhei para a poltrona ao meu lado. Eu poderia ver o fantasma de Tanner sentado ali, sua mão segurando a minha. A imagem era tão clara que poderia ser real. As lembranças se desvanecem com o tempo, mas não as minhas memórias de Tanner. Elas eram vibrantes e ricas em cores. Tão vívidas como ele era em meu coração.

— Sempre foi um amor condenado, Lita — Luis disse. Eu sabia que ele não estava sendo cruel, apenas verdadeiro. — O herdeiro da Ku Klux Klan e a princesa do cartel Quintana. Vocês nunca deveriam ter se apaixonado.

— Eu me apaixonei pela alma dele, Luis. Não pela cor de sua pele ou a família em que foi criado. E ele se apaixonou pela minha. — Dei um longo suspiro. — Em um mundo perfeito, nós estaríamos juntos.

— Lita, nós dois sabemos que esta vida, a vida à qual pertencemos... está longe de ser perfeita. O mundo dele... — Luis fez uma pausa, aparentemente procurando por palavras. — Quero dizer, ele não gostou de você no início, simplesmente porque você é mexicana. Ele *realmente* não gostava de você, Adelita.

— Eu sei. — Era verdade, mas o ódio acabou se transformando em amor.

— Já se passaram mais de dois anos, Lita... — a voz de Luis ecoou pela saleta. — Ele não voltou...

— Não é seguro — tentei argumentar, mas senti os lampejos de dúvidas cimentarem em minha mente.

— Nenhuma palavra, Lita. A Klan e sua família ainda são mais próximas do que antes. E agora estão lutando juntas em uma guerra.

— Não consigo descobrir nada. — Pensei em todas as vezes em que tentei ouvir as reuniões de meu pai com os representantes da Klan. Das vezes em que ouvi Diego ao telefone. Implorei ao meu pai para me deixar participar, mas não adiantou. Limpei uma lágrima que havia escorrido do meu olho. — Mas ele nunca é mencionado.

— Talvez ele tenha seguido em frente...

— Nós fizemos uma promessa. — Minhas palavras eram duras como aço. — Nós fizemos um voto um para o outro. Não vou abrir mão disso. Não vou... *não posso*.

— Isso foi há dois anos, Lita. Nesta vida, a vida em que você vive, a que *ele* vive, isso é muito tempo.

Eu sabia que Luis estava sendo sensato. Mas a ideia de nunca mais ver Tanner novamente... de ele nunca mais segurar minha mão e beijar minha boca, nunca mais tê-lo acima de mim, fazendo amor comigo... Ele dentro de mim...

— Não sei como viver esta vida sem a esperança dele em meu coração. Da esperança por nós, da esperança do que, juntos, poderíamos ser.

A cada dia que passava nesses dois anos, a brilhante luz da esperança tinha diminuído até se tornar um pontinho distante de luz no universo. Não houve nenhuma palavra. Nenhum esforço para estar ao meu lado.

HERANÇA SOMBRIA

Ele não tinha voltado para mim, como havia prometido.

— Lita, odeio dizer isso, mas... Acho que está na hora de você seguir em frente. — Eu me encolhi como se ele tivesse me estapeado. A mão de Luis agarrou a minha com mais força. — Me escute. Você merece ser feliz.

— Nunca poderei ser feliz com Diego. — Minha voz era sólida como uma rocha, diante da convicção com aquele fato.

— Você também não está feliz esperando por Tanner. — Luis parou por um tenso segundo e depois disse: — Você não vive, Lita; você *existe*. Isso não é vida — ele suspirou. — Ele pode ter seguido em frente, pode ter encontrado outra pessoa. Alguém que não seja contra tudo o que é, tudo o que foi criado para ser. — Luis esfregou a cabeça como se estivesse com dor de cabeça. — Ele é o herdeiro da Klan do Texas. Você é filha do Quintana. Como o amor de vocês poderia dar certo? Ele não pode ter você em seu mundo. E você certamente não pode tê-lo no seu. Seu pai iria matá-lo.

Minha mão livre se moveu sobre o meu peito, esfregando o repentino nó que se alojou ali e travou a respiração. Olhei para a mão de Luis sobre a minha. A pele mais escura; a prova da nossa herança. Minha pele era um pouco mais clara do que a dele, mas estava lá. A cor de uma latina. Nós éramos mexicanos. Eu me perguntei se Tanner segurou a mão de outra mulher, desde que deixou a minha cama. Perguntei-me se ele segurou uma mão que combinava com a sua pele pálida. Que combinava com o sangue que corria densamente em suas veias...

Gostaria de saber se ele, ao menos uma vez, pensou em nossos dedos entrelaçados, de tons mistos, como se fosse algo repulsivo.

Será que ele me via como um momento de fraqueza? Será que via nosso amor como uma traição à sua raça?

Tal pensamento fez minha alma chorar. Porque eu nunca poderia vê-lo de tal maneira.

— Ver você assim, tão devastada, esperançosa, mas ao mesmo tempo completamente atormentada, me deixa feliz por ser casado com a igreja. Sempre observei que o amor pode tanto destruir quanto curar. Tudo depende da sorte e das circunstâncias. — Ele não riu; não estava fazendo uma piada. Ele estava falando sério.

Pensei que ele tinha razão. Esta dor que vivia dentro de mim, o lado obscuro do amor que se espalhou como um câncer dentro de cada célula do meu corpo, às vezes, tornava impossível respirar.

Nada foi dito depois disso. Apenas fiquei sentada em silêncio com

TILLIE COLE

meu amigo, consolada por estar na companhia de alguém que sabia que era Tanner Ayers a quem eu amava e guardava em meu coração. Mesmo que não fosse mais recíproco. Com Luis não havia nenhuma necessidade de esconder isso. Eu estava cansada demais de me esconder.

Quando cheguei em casa, rastejei para a minha cama. Mas por mais pesadas que minhas pálpebras estivessem, o sono não me encontrou. Ouvi os passos dos homens do meu pai patrulhando do lado de fora da janela. Ouvi os grilos na grama cantando sua canção noturna.

Virando para o lado, olhei para a caixa que eu mantinha trancada. Eu olhava para ela, me segurando para não abri-la. Não tinha me permitido abri-la em mais de um ano. Mas esta noite, com as palavras de Luis martelando em minha mente, não pude resistir. Inclinei-me e abri a caixa. O pequeno pedaço de tecido branco imediatamente me cumprimentou. Engoli em seco e gentilmente o levantei. Minhas mãos tremeram quando o pequeno pedaço de algodão tocou a palma da minha mão. O pedaço rasgado de uma camisa parecia tão pesado quanto o ouro mais precioso em minha mão.

Fechei os olhos e era como se ainda pudesse sentir Tanner em cima de mim. Senti sua mão áspera segurar a minha. Abrindo os olhos, tirei o anel extravagante que Diego colocou no meu dedo e o larguei sobre o edredom. Então deslizei o pequeno anel improvisado que Tanner havia feito para mim anos atrás. Ele pousou no meu dedo, as bordas desfiadas do algodão, para mim, eram tão impressionantes quanto diamantes. Fechei a mão e a ergui até o nariz, inspirando profundamente. Enquanto as leves notas do perfume de Tanner flutuavam em minhas narinas, de repente, não importava quanto tempo havia passado desde que o tinha visto. Neste momento, ele estava aqui ao meu lado. E no meu coração, ele ocupava todos os pedaços possíveis.

Mantive os olhos fechados, precisando mantê-lo comigo apenas mais um pouco. Mas, eventualmente, tive que aceitar que ele não estava. Respirando fundo, ignorando a fissura profunda que rachava meu coração, cuidadosamente removi o anel de algodão e o coloquei de volta na caixa. Fechei a tampa, mas minutos mais tarde ainda a estava encarando. Sem conseguir dormir, passei os dedos sobre o travesseiro que agora só via como de Tanner. Se eu fechasse os olhos, ainda podia sentir seu calor.

No entanto, também o senti se afastar de mim tão rápido como grãos de areia escapando entre os dedos, e eu precisava mantê-lo perto de mim.

Precisava que estivesse vivo em minha mente.

Deitada de costas na cama, repeti a história que mantinha em meu coração – a nossa história. E revivi cada momento, os bons, os maus, e os impossíveis, os tragicamente belos...

— *Adela, preciso que você mostre os arredores para Tanner.*

Meu coração começou a bater forte quando compreendi o que meu pai pedira.

— *Você não pode estar falando sério* — *sussurrei, me certificando de que não havia ninguém por perto.* — *Eles são da Klan, pai. Eles nos odeiam só por causa da cor da nossa pele. Não quero desperdiçar meu tempo com homens assim. Com alguém assim.*

Meu pai se aproximou.

— *Nós precisamos deles para negócios, Adela. Nada mais do que isso.* — *Sua mão tocou meu ombro.* — *Não precisamos gostar uns dos outros para fazermos negócios. Juntos podemos fazer um monte de dinheiro. Isso é tudo.*

— *Por que eu?*

— *Diego está fora e preciso que o filho seja distraído. Não tenho tempo para imaginar o que fazer com o herdeiro enquanto o pai dele e eu estamos conversando sobre negócios. Quero um contrato rápido e garantido. William Ayers trouxe o filho como proteção, como uma testemunha para que soubéssemos disso. Mas, por qualquer motivo, ele quer Tanner excluído deste acordo... não é algo que eu faria com o meu segundo no comando, mas cada um sabe dos seus. Ele quer manter para si mesmo a natureza de nosso acordo.* — *Meu pai deu de ombros.* — *Não me importo com a razão. Eu apenas quero fazer isso logo.*

— *Você nunca me envolve nos negócios* — *fiz questão de pronunciar claramente cada palavra. Ele sabia que eu estava chateada com isso.*

Meu pai apertou meu ombro com mais força; me certifiquei de não estremecer.

— *Não tem ninguém mais para distraí-lo. Este negócio é muito importante, e, portanto, não terei qualquer um de olho no herdeiro. E, de qualquer maneira, ele não vai aceitar nenhum dos meus homens; verá isso como uma agressão de nossa parte. Um insulto à sua brancura.* — *Meu pai balançou a mão com desdém.* — *Vou jogar com a*

TILLIE COLE

ideologia dele desta vez. Eu realmente não me importo se ele pensa que somos ratos ou qualquer rótulo depreciativo que os nazistas tenham para nós, mexicanos. Eu confio em você. Você é uma garota boa, inteligente e não será afetada pela desaprovação dele. E sabe como jogar este jogo. — Beijou minha bochecha. — Você é minha filha. E vai fazer isso por mim. — Sorriu. — Pelos negócios.

Cerrei os dentes, irritada, mas assenti.

— Quanto tempo eles vão ficar aqui?

— Pelo tempo que for necessário. — Ele voltou para seu escritório, fechando a porta com força.

Desabei sobre uma cadeira. Minutos se passaram, então vi Tanner andando no jardim, pela janela. Ele estava vestindo calça jeans, botas e uma camiseta branca. Ele era enorme, alto, os braços e pescoço musculosos cobertos por tatuagens pretas. Seus olhos azuis estavam inquietos enquanto ele se inclinava contra a parede e acendia um cigarro.

Minhas mãos se agarraram à cadeira com tanta força que doeram quando, finalmente, eu me levantei. Passando a mão pelo meu longo cabelo escuro, saí no corredor em direção ao pátio. Os olhos de Tanner imediatamente se fixaram em mim, no meu vestido floral vermelho de verão. Seus olhos se estreitaram quando me encarou.

A expressão de superioridade em seu rosto fez meu corpo inflamar de raiva – seu queixo erguido e mandíbula cerrada. A maneira como se posicionava, como se estivesse acima de todos nesta fazenda, fez meu sangue ferver. Ele estava em território Quintana. Nós não éramos pessoas inferiores a quem ele olhava de cima. Eu não era alguém para ser encarada dessa maneira. Também com a cabeça erguida, andei, confiante, até ele, parando à sua frente. Tanner tirou o cigarro da boca e soprou a fumaça em minha direção.

— Você tem um para mim? — Carreguei mais ainda no meu sotaque enquanto as palavras em inglês deslizavam pela língua.

Os olhos de Tanner focaram em meus lábios. Meu batom era vermelho escarlate. Quando seu olhar não se desviou da minha boca, passei a língua sobre os lábios. Tanner afastou o olhar, e sua mandíbula tensionou a ponto de eu temer que pudesse se quebrar.

Olhando por cima da minha cabeça, o Príncipe Branco tirou um maço de cigarro do bolso do jeans. Ele agitou o pacote, fazendo aparecer um cigarro pela abertura. Peguei-o e levei aos lábios.

— Fogo?

Tanner exalou rapidamente pelo nariz, mas ainda sem falar nada. Eu não tinha certeza se ele podia, já que o cara tinha ficado em silêncio nas duas vezes em que o encontrei. Ele pegou um isqueiro e eu me inclinei para perto da chama. Conforme me aproximava, senti o corpo de Tanner retesar, e ele ficou tão imóvel como uma estátua.

Eu imaginava os xingamentos que ele deveria estar destilando para mim em sua cabeça. Mas, me surpreendendo, vi um ligeiro lampejo de fogo ardendo em seus olhos enquanto me observava dar a primeira tragada no cigarro.

Com isso, eu sabia que poderia lidar.

— Então... — comentei, enquanto Tanner evitava meu olhar, ocupando-se em colocar o maço de cigarro de volta no bolso. — Meu pai quer que eu lhe mostre tudo, fazer companhia para você enquanto nossos pais conversam sobre os negócios.

Tanner se inclinou novamente contra a parede de pedra. Seus olhos percorriam a extensão do telhado, para os homens que meu pai mantinha por perto o tempo todo para nos proteger. Homens fortemente armados. Segui a direção de seu olhar.

— São homens do meu pai. Eles não vão nos incomodar, desde que você saiba se comportar ao redor de, sabe, mexicanos... — Dei um tapinha em seu peito largo, os músculos rígidos como granito sob a minha palma. Tanner levantou a mão e agarrou meu pulso. Arfei, chocada, com o aperto de ferro.

Tanner se aproximou, para que apenas eu o ouvisse falar:

— Não sei qual é a porra do seu jogo, cadela, mas mantenha suas mãos longe de mim. — Chegou ainda mais perto. — Posso seguir as ordens do meu pai e aceitar essa merda de estar preso a você enquanto estou aqui. Mas não pense nem por um segundo que você vai me afetar.

Tanner soltou meu pulso e, como se nada tivesse acontecido, voltou a fumar seu cigarro. Meu coração estava batendo forte no peito; mas eu era filha de Alfonso Quintana. E não seria abalada por este idiota.

Aproximando-me dele novamente, mostrando que não era uma mulher a quem ele podia acovardar, eu disse:

— Como você, estou aqui porque meu pai me pediu para estar. — Levantei a mão e deslizei o dedo pela parte da frente de sua camisa. Eu podia ouvir sua respiração tensa. — Mas todos nós devemos cumprir nossos deveres, Tanner Ayers. — Olhei para trás, para os muitos guardas parados ao redor do pátio. Em seguida, olhei para Vincente, meu segurança pessoal e melhor amigo de Diego. Seus olhos estavam focados em mim, me mantendo segura. Ele estava me observando na ausência de Diego, que tinha um hábito de ser superprotetor demais.

Sorri, sabendo que de onde estava, Vincente não poderia dizer que eu estava tocando Tanner, ou que ele havia me tocado. Eu o encarei novamente, fingindo que estávamos conversando.

— É bom se lembrar de que você está no meu país, na minha casa. — Sorri e vi como seu olhar se focou, mais uma vez, em meus lábios. Quando seus olhos raivosos voltaram a encontrar os meus, eu disse, baixinho: — Aqui, eu sou a princesa, Príncipe Branco. Este é o meu povo, e eles não vão tolerar que você pise fora da linha. E nem eu.

TILLIE COLE

Dei um passo para trás e dei outra tragada no cigarro. Soprando a fumaça em seu rosto e jogando no chão a bituca manchada de batom, eu disse:

— Vamos, Príncipe Branco. Vou lhe dar o grande tour pela propriedade Quintana.

Eu podia ouvir seus relutantes passos soando atrás de mim. E também podia ouvir meu batimento cardíaco ecoando alto em meus ouvidos.

Meu coração estava batendo rápido demais.

A The Gift Box é uma editora brasileira, com publicações de autores nacionais e estrangeiros, que surgiu no mercado em janeiro de 2018. Nossos livros estão sempre entre os mais vendidos da Amazon e já receberam diversos destaques em blogs literários e na própria Amazon.

Somos uma empresa jovem, cheia de energia e paixão pela literatura de romance e queremos incentivar cada vez mais a leitura e o crescimento de nossos autores e parceiros.

Acompanhe a The Gift Box nas redes sociais para ficar por dentro de todas as novidades.

 www.thegiftboxbr.com

/thegiftboxbr.com

 @thegiftboxbr

 @GiftBoxEditora